Maldito Ex,

"Juan Jullian revela mais uma peça do quebra-cabeça de seus personagens e o leitor conhece os dois lados da moeda. *Maldito Ex,* é sobre consequências e, sem dúvidas, uma dose afiada de carma."

Pedro Rhuas — autor de *Enquanto eu não te encontro*

"Juan Jullian ataca novamente! Com uma mistura explosiva de sarcasmo, humor e verdades que muitas vezes até machucam, conhecemos agora a história do maldito ex, e se você está esperando um vilão ou até mesmo uma redenção, não espere, afinal, 'o que posso fazer além de lamentar, se o espetáculo da tragédia vende mais do que o retrato da verdade?'"

Ray Tavares — autora de *Os 12 signos de Valentina*

"Juan Jullian agora nos traz o ponto de vista do ex mais odiado do Brasil. Sarcástico, irônico e debochado, através de cada frase nos mostra verdades escancaradas em seu jeito único de escrever.

Amanda Condasi — autora de *Vozes negras*

"Juan conseguiu se superar. *Maldito Ex,* é intenso, complexo e transformador. Uma obra sobre pessoas reais, suas nuances e seus defeitos. É impossível sair dessa leitura sem uma mistura de sentimentos no peito."

Nanna Sanches — (@Livraneios), influenciadora digital

JUAN JULLIAN

Maldito Ex,
A AUTOBIOGRAFIA DA SUBCELEBRIDADE MAIS ODIADA DO BRASIL

2ª edição

— Galera —
RIO DE JANEIRO
2021

CIP-BRASIL. CATALOGAÇÃO NA PUBLICAÇÃO
SINDICATO NACIONAL DOS EDITORES DE LIVROS, RJ

J⁹1m

    Jullian, Juan
        Maldito ex, a autobiografia da subcelebridade mais odiada do Brasil / Juan Jullian. – 2. ed. – Rio de Janeiro: Galera Record, 2021.

    ISBN 978-65-5981-001-7

    1. Ficção brasileira. I. Título.

21-70974   CDD: 869.3
                                                                                 CDU: 82-3(81)

Camila Donis Hartmann – Bibliotecária – CRB-7/6472

Copyright © 2021 por Juan Jullian
Leitura sensível: Eduardo Bittencourt

Todos os direitos reservados.

Proibida a reprodução, no todo ou em parte, através de quaisquer meios.
Os direitos morais do autor foram assegurados.

Texto revisado segundo o novo Acordo Ortográfico da Língua Portuguesa.

Direitos desta edição adquiridos pela
EDITORA RECORD LTDA.
Rua Argentina, 171 – Rio de Janeiro, RJ – 20921-380 – Tel.: (21) 2585-2000,
que se reserva a propriedade literária desta tradução.

Impresso no Brasil

ISBN 978-65-5981-001-7

Seja um leitor preferencial Record
Cadastre-se e receba informações sobre nossos
lançamentos e nossas promoções.

Atendimento e venda direta ao leitor
sac@record.com.br

Para Rosimery, por me presentear com o amor incondicional.

"Via-se metade ao espelho porque se via sem mais ninguém, carregado de ausências e de silêncios como os precipícios ou poços fundos. Para dentro do homem era um sem fim, e pouco ou nada do que continha lhe servia de felicidade. Para dentro do homem o homem caía."
— *Valter Hugo Mãe*, O filho de mil homens

"Meus amados irmãos, tenham isto em mente: Sejam todos prontos para ouvir, tardios para falar e tardios para irar-se."
— Tiago 1:19

Lisboa,
13 de dezembro de 2025

Everything's in order in a black hole
Nothing seems as pretty as the past though
That Bloody Mary's lacking in Tabasco
Remember when you used to be a rascal?

"Fluorescent Adolescent" — Arctic Monkeys

Querido leitor,

Não me importam os motivos que te fizeram abrir este livro, o importante é que você o fez. Talvez por ter ouvido o meu nome cuspido pela boca de um repórter na televisão; por um youtuber que se considera capacitado para falar sobre *"relacionamentos abusivos"* ou em uma *#canceledparty* nas redes sociais; talvez pelo ódio decorrente de algumas das verdades ou mentiras espalhadas sobre mim ou, talvez, pelo sadismo possibilitado pela "espiadinha" na miséria da vida alheia.

Ou, quem sabe, você só é mesmo mais um millenial desocupado, sem nada melhor para fazer do que ler sobre a vida de um ex-participante de reality show, para depois reclamar que meu livro é cultura inútil e a razão pela qual a literatura contemporânea brasileira está tão falida quanto a minha carreira.

De qualquer forma, você está aqui, então seja bem-vindo! Até aqueles que estão atravessando estas páginas com o intuito de distorcer minhas palavras e seguir bradando pelas redes sociais que eu deveria estar morto ou preso, você também é de casa. Sem cerimônia, viu?

Acomode-se!

Vamos!

Tire os sapatos, estale os dedos, beba uma água e fique aqui. Eu tenho muito para contar e me regozijo ao perceber que, seja lá por qual escusa ou nobre motivação, você está a fim de ler.

Vale ressaltar que estou ciente de que não alcançarei tantos de vocês como *Ele* alcançou (sim, *Ele*, meu ex-namorado, aquele cujo nome não deve ser nomeado. Dessa forma, quando lerem *"Ele"*, saberão de quem eu estou falando).

Chega a ser irônico não poder mencioná-lo. Vocês não acham? Não consigo segurar o riso ao lembrar que, há alguns anos, o nome a não ser nomeado era o meu.

Mas não há como negar que *Ele* tornou-se mais famoso do eu jamais fui. Meu ego ainda não me deixou delusório. A narrativa de uma biografia como esta não tem chances contra um best--seller, uma série documental em uma plataforma de streaming e todos os derivados que, em demasia, exploraram os eventos retratados no livro *Querido Ex,*. O que posso fazer se o espetáculo da tragédia vende mais do que o retrato da verdade?

Eu também sei que a versão dos acontecimentos que se popularizou, com a chancela da suposta e exclusiva verdade, dificilmente será alterada. E muito em decorrência de minha própria ação, outrora conduzida pela gana de fazer a manutenção daquele lugar sob os holofotes. Sim, isso foi um *mea culpa*. Como você irá perceber, essa história está recheada deles.

Logo, você, querido leitor, é o que me basta. Já não tenho nada a perder.

Quando me enfurnei aqui em Portugal, não me faltou tempo para reflexão. Longe dos holofotes, longe de tudo que me era familiar, eu pude retraçar a minha história de vida, a história dos 33 anos que formaram quem eu sou.

Relendo as cartas originais do *Querido Ex,* uma pergunta me assombrava: aquilo tudo era verdade? Os acontecimentos que levaram ao fim do mais importante dos meus relacionamentos, se deram exatamente da forma como ficou registrado naquela correspondência?

Sim, era verdade. Era a verdade dele. Alguns pontos eram também a minha verdade.

Mas seriam as nossas verdades completamente convergentes? Eu realmente fui o homem retratado ali? Será que ainda sou ele?

Quando assinei o epílogo da última edição do livro *Querido Ex,* não havia dúvidas, nem para vocês nem para mim, de que eu era. Eu era aquilo e tudo mais. Abusador, oportunista, golpista, maldito. Inocente, acreditei que eu pudesse me redimir, que, assumindo os erros, eu teria uma segunda chance.

Não existem segundas chances.

Perdi meu emprego, fui expulso do meu partido político e acabei com o meu casamento. É um texto vitimista, eu sei, mas acredite quando eu digo que não me vejo dessa forma.

Afinal, vocês estavam certos. Eu merecia. Eu era aquilo, eu era o ex das cartas. Então o que fazer quando nem mesmo você tem dúvidas da sua essência maldita?

Os anos passaram e, como todo bom *trending topic*, o assunto esfriou. A morte do meu ex-namorado virou só mais uma morte. Com medo da violência, delineada nas ameaças constantes de fãs póstumos do *Ele*, me vi escondido nesse bucólico fim de mundo, jurando para mim mesmo que não falaria nada.

Até agora.

Pois agora, quando o meu cancelamento, apesar de cristalizado, já não é tão lembrado; quando algumas cicatrizes se fecharam e quando eu consigo olhar no espelho sem detestar, na medida do possível, o que eu vejo, eu estou pronto para contar a minha verdade, a minha história.

Não sou monstro e nem sou vítima. Sou alguém no meio disso.

Nas próximas páginas, você vai se deparar com o meu olhar sobre a minha jornada de vida, e cabe ressaltar que será, sim, um vislumbre enviesado. A reconstrução dos fatos pelo próprio protagonista desses não tem como ser um reflexo exato de tudo o que aconteceu.

Além disso, a reprodução dos diálogos e das situações que considerei simbólicas dessa minha jornada tem como fonte exclusiva a minha própria memória. Então, por favor, desconfiem de tudo que lerem aqui. Se preferirem, encarem como ficção. O faz de conta também carrega as suas verdades.

Por último, quero avisar que o *Querido Ex,* faz parte dessa narrativa, mas este não é um livro sobre ele. Este é um livro sobre mim e, para isso, acho importante que você não se esqueça do meu nome.

Eu não sou o Querido Ex, e tampouco sou o Maldito Ex.

Eu sou o Tiago e essa é a minha história.

PARTE 1

O que você vai ser
Quando você crescer?

"Pais e Filhos" — Renato Russo

Eu ainda lembro da primeira vez em que me apaixonei.

Caíque era novo na escola. Com um pai militar recém-transferido para o Rio de Janeiro, ele entrara no meio do ano letivo. Naqueles primeiros meses, ninguém falava com o novato. Ninguém mesmo.

As professoras cochichavam entre si que os "problemas de adaptação" decorriam da entrada no mês de junho, data tão inoportuna e contraproducente. Mas todo mundo sabia, mesmo que ninguém falasse, que o motivo da exclusão era a cor de sua pele.

Caíque era um menino da pele negra.

A discriminação extrapolava os muros da escola, chegando até as casas dos pais dos alunos do Colégio Santo Agostinho. Ou será que o mais certo seria dizer que o trajeto percorrido pelo racismo era o oposto, saindo da casa dos pais e entrando pelos portões do colégio, até se enfiar na cabeça daquelas crianças?

Pois assim como seus filhos brancos, os líderes dos tradicionais clãs dos bairros para o além Túnel Rebouças justificavam a exclusão dos recém-chegados com desculpas dignas de participantes de reality show, tais como "falta de afinidade" e "não sabemos como os hábitos deles podem afetar as nossas crianças".

A única exceção, pelo menos por um tempo, foi Valentina, também conhecida como a minha mãe.

Mas antes que você se engane, já deixo avisado que Valentina estava longe de ser uma dessas "salvadoras brancas". Ela não era nenhuma Sandra Bullock naquele filme que ganhou o Oscar, em que interpreta uma mulher que adota um jogador de futebol americano negro e é considerada uma santa por dar para o menino uma cama e um teto.

A situação aqui foi ainda mais decadente.

Ao desfilar para cima e para baixo com os recém-chegados, Valentina, então esposa de advogado, vivia no melhor estilo bela, recatada e do lar, e se cobriu com uma aura "progressista", "moderna" e "descolada". No final do dia, nossa família era tão racista quanto todas as outras.

De qualquer forma, foi graças a ela que Caíque começou a passar as tardes de terças e quintas lá em casa. Relaxados, com as perninhas cruzadas no chão da sala, travávamos intermináveis partidas de video game no Playstation, enquanto Maria Firmina e Valentina faziam as unhas, tomavam café com adoçante e falavam mal das outras mães.

Valentina passou até mesmo a cortar o cabelo de Caíque.

Na época, essa ainda era "a coisa" dela, cortar cabelo.

Antes de casar com meu pai, Valentina era herdeira do salão de beleza da mãe, minha finada avó Adália, cujas fotos ostentando um penteado estruturado por um excesso de laquê sempre recobriram a parede de nossa casa.

Quando criança, eu passava horas e horas ouvindo Valentina falar sobre como voltava correndo da escola e ia direto para o salão; sobre como a mãe a deixava cortar as pontinhas do cabelo das clientes mais íntimas e de como serpenteava pelas pernas das cabeleireiras, correndo para lá e para cá.

Algumas vezes durante essas histórias, quando eu estava deitado em seu colo e quase adormecido com o cafuné de seus dedos longos, Valentina ficava um tempo em silêncio com o olhar perdido. Então se levantava, ia até o quarto e instantes depois voltava segurando uma caixa de sapato.

Eu me inclinava para bisbilhotar, mas ali só tinha um objeto: a foto de uma mulher negra com os cabelos cacheados, parada na frente daquele lugar que eu já reconhecia como o famigerado salão de cabelo da vó Adália.

Essa aqui, meu bem, é a Sebastiana, foi uma das funcionárias de sua avó.

Valentina me entregava a foto, eu a encarava por alguns segundos e depois ela tornava a guardá-la na caixa, que era então enfiada nos confins do armário.

Mas o que importa agora é saber que, junto com o casamento, veio por água abaixo o sonho de herdeira do salão. Para agarrar aquele "partidão" de "boa família" com uma aliança, Valentina deveria cumprir o contrato tácito de abandonar qualquer aspiração além do cumprimento da jornada dupla na função não regulamentada de esposa e mãe.

Assim, com a morte da mãe, Valentina vendeu o salão e foi viver a vida que sempre imaginou querer.

Performando o papel de dona de casa, fazia o possível para se realizar, sonhando com o que poderia ter sido e sentindo a saudade na ponta da língua. Por muito tempo, ninguém além dela tinha posto as mãos no meu cabelo. Nos dias em que percebia que meus fios loiros já alcançavam a nuca, Valentina agarrava a tesoura dourada, sorrindo como se o Natal tivesse chegado mais cedo, pronta para arrumar os meus cachos.

Já para mim, o Natal chegava com Caíque entrando na minha casa.

Depois de dois anos na escola, nós dois já éramos um. Não existia Tiago sem Caíque ou Caíque sem Tiago. Nos meus aniversários, o primeiro pedaço de bolo era o dele. Nos trabalhos de colégio, a minha dupla era ele. Nos passeios, o lugar ao meu lado era o dele.

Até suspensão da escola eu levei pelo meu amigo.

Aconteceu no recreio, durante uma partida de futebol. Alfredo, um dos nossos colegas de classe, atirou uma banana em Caíque. Em seguida, o escroto imitou um macaco, gesto infeliz repetido tantas vezes em jogos universitários Brasil afora.

Não era a primeira vez que faziam aquilo.

Caíque nunca revidava e eu ficava puto, não entendendo o porquê de ele ficar em silêncio. Naquela tarde, meu ímpeto foi correr e encher a cara do Alfredo de porrada mas Caíque me impediu, fazendo com que eu me limitasse a gritar o mais alto que meus pulmões pré-adolescentes conseguiam.

— Alfredo! Eu vou acabar com a sua raça, te dar um chute no saco e depois te jogar na sarjeta!

— A Tiaguinha tá ofendida porque xingaram seu macaquinho de estimação?

— Você é um grande merda!

— E você é mulherzinha do Caíque!

— Eu vou matar você! — Caíque me segurou com ainda mais força.

— Para, Tiago. Não vale a pena, deixa pra lá, ele não passa de um daquele cocozinho marrom que aparece na primeira fase do Mario.

Com a arrogância de uma criança branca, eu obviamente ignorei o pedido do meu amigo. E o que você faz para se vingar quando se tem o privilégio de achar que pode fazer o que quiser?

Você vai até o banheiro e se tranca na cabine. Você senta na privada e faz força para cagar até o rosto ficar vermelho e suor brotar na testa. Você enfia a mão em um saco plástico que pegara em um lugar qualquer e, cheio de nojo, você pega aquela massa molenga e corre de volta para a sala de aula vazia. Você procura a mochila do escroto. Finalmente, você abre o zíper e lambuza todo o interior da bolsa com a merda.

Quando o sino anunciou o fim do intervalo e todos voltaram para a sala, Alfredo sequer precisou abrir a mochila para descobrir que estava cagada. Por conta do calor do Rio de Janeiro, o cheiro terrível tinha se impregnado nas mesas e carteiras.

As risadas na sala foram mais altas que o grito de nojo do menino. A professora perguntou quem havia feito aquilo. Eu sorri e levantei o braço.

— Fui eu quem colocou merda na mochila desse merda, professora.

Passei o resto do dia letivo sentado na cadeira da sala da diretoria. Valentina foi chamada e eu fui suspenso por dois dias.

Tudo na minha vida mudaria naqueles dois dias.

Depois de 24 horas ao meu lado, Valentina já não aguentava mais ouvir os meus protestos e, vencida pelo cansaço, dera uma brecha no castigo, autorizando que Caíque passasse a noite lá em casa.

19

Brincamos o dia inteiro e ficamos na cama, batalhamos contra o sono, acordados por horas e horas, falando até os lábios ressecarem. Quando a conversa morreu, eu fechei os olhos e sussurrei para que Caíque saísse de seu colchão e viesse para a minha cama. Assim ele o fez. Deixei meu braço deslizar para a cama dele. Meus dedos ficaram próximos aos de Caíque e os dele me encontraram. Ele segurou a minha mão. Eu retribuí o aperto.

— Ei, obrigado por ter feito aquilo.

— Ele mereceu. Tava na hora.

— Merecer, mereceu...

— Posso te perguntar uma coisa, Caíque? — Ele assentiu. — Por que você não fez nada? Por que você nunca faz nada quando te falam essas coisas?

— Não sei. Ou, sei lá. Minha mãe diz que é pra eu não criar problema nessa escola, que se eu revidar vai ser pior... ontem ela falou que se eu tivesse feito o que você fez, eles teriam me expulsado...

— Claro que não! Mas que bobagem. Você precisa reagir, Caíque. Eu reagi e olha, o pior que eu ganhei foi uma suspensão. Uma suspensão é nada por eu ter esculachado o Alfredo na frente da turma toda.

— Mas a gente não é igual, né Tiago? Não é porque deram só uma suspensão pra você que fariam o mesmo comigo.

Incapaz de verbalizar a resposta que já estava na pergunta, eu fiquei em silêncio. Instantes depois, ele aproximou o corpo do meu. A ponta do meu nariz tocou a de Caíque, meu pé escorregou pela sua canela. Eu fechei os olhos.

Um espasmo involuntário sacudiu minha carne quando ele pressionou o quadril contra o meu e deixou um selinho na minha boca fechada. Eu retribuí o beijo, perdendo o ar enquanto apertava meus lábios contra os dele.

Quando abri os olhos, Caíque já havia voltado para o seu colchão, deitado de costas para mim. Eu fechei os olhos e sonhei que aquele beijo durava para sempre.

Na manhã seguinte, acordamos com a voz da mãe do Caíque entrando no quarto. Maria Firmina tinha chegado cedo para levar Caíque, mas Valentina insistiu que ficassem para o almoço. Ela aceitou.

As duas foram para a cozinha. Ficamos na sala jogando video game, sem mencionar o que acontecera na noite anterior, mas ainda assim com as pernas dobradas na posição de lótus e a pele ressecada dos joelhos deslizando uma contra a outra.

Eu pausei o jogo ao ouvir uma voz rouca. Meu pai chegava de uma viagem de trabalho. Deu um beijo na minha testa, largou um exemplar da revista *Recreio* no meu colo, bagunçou o cabelo de Caíque e foi até a cozinha.

— Caramba, Tiago. Também queria que meu pai me desse presente quando eu tô de castigo.

Com a bochecha vermelha, larguei a revistinha de lado e apertei o play. Voltamos a jogar para, segundos depois, tornar a interromper a partida. O barulho de algo se quebrando chamara a nossa atenção.

— Valha-me Deus, que desastrada que eu sou.

Vindo apressada da cozinha, Valentina se trancou no banheiro, a roupa branca enegrecida pelo café. Alguns minutos depois, o ruído do chuveiro aberto chegava até a sala.

Eu e Caíque nos olhamos e, pé ante pé, fomos até a porta da cozinha, na intenção de rir da bagunça feita pelos adultos.

Agachada, Maria Firmina passava um pano úmido na lambança.

— Deixa eu te ajudar, meu bem.

Meu pai parou ao lado da mãe de Caíque, mas não recolheu nenhum caco. Ao invés disso, deslizou a garra branca e peluda pela bunda da mulher.

— Você tá maluco?!

Demos um pulo com o estalo do tapa que ela acertou na cara de Otaviano. Maria Firmina saiu em disparada, os olhos vermelhos e arregalados, puxando o filho pelo braço enquanto gritava que Otaviano era um filho da puta tarado.

Eu queria correr atrás dos dois. Eu queria me despedir de Caíque, me certificar de que ainda nos veríamos na escola e que na semana seguinte ele estaria de volta para terminar a partida de vídeo game, ainda pausada na televisão da sala. Mas não fiz nada. Fiquei parado, na porta da cozinha, contando os cacos da louça espatifada pelo chão.

Valentina saiu do banheiro, enrolada na toalha, o cabelo molhando o chão enquanto perguntava o tinha acontecido.

Eu ainda podia ouvir a voz de Caíque chamando por mim mas não olhei para trás. Apenas levei minha mãozinha até a cabeça e arranquei, um por um, os meus fios de cabelo. Parei quando cheguei no número sete.

Caíque nunca mais voltou à minha casa. Otaviano manufaturou uma versão mequetrefe do ocorrido e Valentina acreditou. O nome de Caíque e o de sua mãe nunca mais foram mencionados. Maria Firmina era referida como "a vagabunda" e Caíque, o "delinquentezinho".

Mas o desespero de Valentina em acreditar na inocência do marido não foi capaz de impedir o inevitável. Otaviano nos abandonou alguns meses depois do incidente do café no chão. Segundo Valentina, havíamos sido trocados pela estagiária.

No dia em que Otaviano fez as malas e bateu a porta de casa, eu a ouvi, pela primeira vez, falar a frase que se tornaria a sua marca registrada: *A vida não vale a pena sem o seu pai.* Desde então, Valentina nunca mais cortou o meu cabelo.

Every boy in here with me got that smoke
And every girl in here got to look me up and down

"Yoncé" — Beyoncé

Com Otaviano, também foi-se embora o dinheiro. O valor da pensão não era o suficiente para continuar pagando a mensalidade da escola, os livros didáticos e o aluguel de uma casa em um dos bairros com o metro quadrado mais caro do Rio.

Para diminuir as dívidas, saímos da Urca e alugamos um apartamento menor na Tijuca. Deixei o Santo Agostinho e, passando em um concurso, comecei a estudar em uma escola pública, o tradicional Colégio Pedro II, que ficava em um prédio de mais de cem anos encravado no centro do Rio de Janeiro.

Com todas essas mudanças, eu passei a ter duas vidas. Eu passei a ser dois Tiagos.

Ao ingressar em uma escola muito mais diversa do que a anterior, eu senti na pele os privilégios de ser quem eu era.

Padrão. Esse é o termo que viria a me caracterizar a partir de então. Não demorou até que eu tomasse consciência do efeito que eu causava nas pessoas; para perceber como todos me admiravam; como todos me desejavam; desejavam a minha atenção, meu tempo e meu corpo.

Eu provei o sabor de ser cobiçado e fiquei viciado.

Na escola, eu fingia não saber que era bonito. Eu me fazia de tímido, olhando para baixo e mordendo o canto da boca quando recebia um elogio, por mais que eu o considerasse merecido. Outra estratégia consistia em segurar a língua para não falar sobre mim mesmo nas rodas de conversa. As pessoas gostam muito mais de você quando pensam que você é humilde. Todo mundo ama um garoto-padrão, isso é ponto pacífico. Mas um garoto-padrão que não sabe que tem o mundo na mão, esse sim é adorado.

E deu certo, deu tão certo que até eu mesmo acreditei naquela persona, me considerava realmente como um exemplo, digno de toda a dose cavalar de admiração diária.

Logo o colégio inteiro já estava na minha mão. Não demorou até que eu virasse representante de classe. O início da minha interminável coleção de honrarias acadêmicas.

Nos dois anos seguintes, reuni títulos como líder do grêmio de estudantes, fundador do primeiro coletivo LGBTQ+ da escola, vencedor da Olimpíada Nacional em História do Brasil, bolsista de iniciação científica júnior, finalista da Olimpíada Brasileira de Matemática e representante de turma. Eu fui capaz de sustentar um boletim impecável e ainda assim não perdi nenhuma festa.

Eu era popular dentro e fora da sala de aula, entre alunos e professores. Eles perguntavam como eu conseguia; como eu era capaz de conciliar aquelas notas com a vida social agitada. Eu desviava o olhar, mexia os pés incomodado e falava:

— Mas eu não faço nada de mais.

Naquela época também foi a minha descoberta do sexo e, com ele, uma nova arma de manutenção da fragilidade do ego.

Toda semana eu trepava com um cara diferente, o jeito que me olhavam, que me tocavam, que me beijavam, que me idolatravam...

eu me sentia um Deus, abençoando a vida deles com uma transa. Eu quase podia saber o que estavam pensando enquanto estavam comigo na cama. Como eles haviam conseguido chegar até ali?! Como eles eram sortudos; poder estar com alguém jovem, inteligente e sarado era o tipo de coisa que jamais esqueceriam. Eles nunca me esqueceriam. E não tenho dúvidas de que nunca me esqueceram.

Lembrar desta época ainda me deixa com um sorriso no rosto e o pau meia bomba. Seria hipocrisia dizer o contrário.

Contudo, todos os dias, de uma hora para outra, essa paisagem onírica, onde o meu eu adolescente desfilava, era despedaçada, escultambada, pisoteada e chafurdada no chorume. Não importa o quanto eu fosse admirado na rua, em casa vinha tudo abaixo.

— A vida não vale a pena sem o seu pai

Solteira pela primeira vez após tantos anos de casamento, Valentina não sabia mais quem era sem Otaviano. O tempo passou para mim. E também passou para ele, que já havia se casado com Monique, a tal da estagiária que já tinha se formado e também advogava, mas o tempo parecia não ter passado para Valentina.

De ex-marido, Otaviano transmutara-se em símbolo da felicidade eterna, da resolução de todos os problemas, fosse a falta de dinheiro ou a solidão.

Todos os dias, Valentina encarava a porta da sala por horas, provavelmente imaginando como a vida seria melhor quando Otaviano caísse na real e voltasse para o verdadeiro lar. Valentina torcia para que ele entrasse pela porta de casa, mas quem entrava era eu. Ela implorava aos céus pelo meu pai, mas só tinha a mim.

E fazia questão de deixar bem claro que eu era um péssimo substituto.

Certo dia, cheguei em casa animado. Abri a porta do quarto e a encontrei deitada e bebericando uma taça de vinho. Eu tremia com a ansiedade para contar a novidade. Eu havia sido selecionado para a bolsa de iniciação científica júnior, trabalhando duas vezes por semana no Museu Nacional da Quinta da Boa Vista.

— Eu vou estagiar como guia e ainda vou receber pra isso, mãe!

— Guia? — Ela deu um gole da taça que segurava. — Legal. Quanto vai ganhar?

— Duzentos reais.

Valentina riu tanto que a bebida respingou no edredom; riu tanto que não reparou que fiquei com os olhos marejados, enquanto eu voltava para o meu quarto, me sentindo o adolescente mais patético do mundo ao achar que era especial por ganhar uma bolsa de duzentos reais.

Mas, ainda assim, durante aqueles primeiros anos após a separação eu queria ser o responsável por fazê-la sorrir da maneira que, no passado, ela sorria sem a necessidade do vinho, quando Otaviano entrava pela porta.

Porra, eu ainda queria que Valentina cortasse o meu cabelo.

Eu passava meses sem ir a um salão, deixando os fios passarem da nuca e chegarem até o ombro, aguardando aquela proposta que era tradição na minha infância. Mas Valentina ignorava, como se tivesse nojo de colocar a mão no meu cabelo.

Todos os dias eu chegava em casa de cara fechada, torcendo para que ela não repetisse aquela maldita frase.

A vida não vale a pena sem o seu pai.

E todos os dias eu me frustrava.

Mas nada me fazia desistir. A qualquer custo, eu queria agradá-la.

Eu chegava correndo da escola para deixar tudo arrumado, antes mesmo de tirar o uniforme. Limpava o banheiro, cozinhava e lavava a louça. Sem dinheiro para pagar uma empregada, não queria que Valentina fizesse nada. Não porque eu era ativista contra a "sociedade heteropatriarcal que tolhe a experiência feminina", como eu usava como desculpa toda vez que alguém fazia o infeliz comentário de que eu também era "dona de casa", mas porque eu queria que ela parasse de repetir aquela porra daquela frase.

E eu também queria fazer Valentina feliz. Eu queria vê-la sorrir.

Afinal, ela merecia ser feliz. A mulher que largara a família e os sonhos para se dedicar ao Otaviano não merecia terminar daquele jeito, sozinha, enfurnada dentro de casa, o cabelo sem corte cada vez mais longo...

A vida não vale a pena sem o seu pai.

Com o dinheiro da pensão e os duzentos reais da bolsa, eu comprava, pelo menos uma vez por mês, um presente para ela.

Sempre que via algum produto na televisão ou na vitrine do shopping, Valentina reclamava que, na época do meu pai, ela não precisaria ficar contando os trocados para poder comprar alguma coisa. Então lá ia eu, gastar todo o meu dinheiro com um massageador de costas portátil da Polishop.

Às vezes, ela nem sequer os desembrulhava.

Quando eu percebi que Valentina não usava os presentes, os substituí por idas aos seus restaurantes favoritos, aqueles que ela frequentava na Zona Sul, na tal época idílica do meu pai. Eu pedia a água da casa e o prato mais barato para mim, e deixava que ela escolhesse o que quisesse.

Não era o suficiente.

O dinheiro que eu ganhava não tinha como competir com o salário que Otaviano recebia na época em que Valentina era feliz. Então voltávamos para casa e a maldita frase era repetida.

A vida não vale a pena sem o seu pai.

Eu respirava fundo e, sozinho no quarto, esmurrava o travesseiro para não perder o controle na frente dela. Levava a mão até o cabelo e fazia um estrago nos fios. Aquele nosso projeto de lar não se sustentaria se nós dois estivéssemos ferrados. Eu não podia me dar ao luxo de ficar mal.

Mas até nos meus pesadelos, eu escutava a frase.

A vida não vale a pena sem o seu pai

Porra, mas é claro que a vida valia a pena sem o escroto do meu pai!

Ela não enxergava que tinha a mim? Valentina perdera Otaviano, sim, mas ficou com o mais importante, ficou com o filho. Eu seria assim tão ruim? Valentina não percebia que as pessoas na rua se matavam pela minha atenção? Que provavelmente todo dia alguém se masturbava pensando em mim?

Ela fora agraciada pelos céus com um filho perfeito! PER-FEI-TO. Corpo perfeito. Cabelo perfeito. Postura perfeita. Atitude perfeita. Fala perfeita. Bom aluno. Politizado. Ativista precoce do movimento LGBTQ+. Generoso. Gentil. Organizado. Dedicado.

O que mais ela precisava? Hein? O que mais precisaria, para parar de falar a mesma coisa de novo e de novo? Para parar de deixar tão óbvio que, naquela casa, eu não era o suficiente?

Mas nem tudo é rancor. Não, claro que não, afinal aprendi muito com ela durante a minha adolescência.

Eu aprendi que o tempero da comida do meu pai é melhor do que o meu; que o discurso da formatura do meu pai foi mais bem escrito do que o meu; que o primeiro salário do meu pai era maior do que o meu; que a presença do meu pai era mais agradável do que a minha e que, muito provavelmente, ela seria mais feliz se fosse eu quem tivesse ido embora da vida dela e não ele.

Quem sabe se eu não tivesse nascido, o casamento teria dado certo e a vida de Valentina ainda valeria a pena.

Quando fui selecionado para o reality show *Confinados*, eu realmente acreditei que as coisas iam mudar. Afinal, eu saíra do programa com mais dinheiro do que iríamos receber de pensão até o resto da nossa vida; tinha me separado do menino que ela detestava; estava noivo de um homem tão perfeito quanto eu; conquistara uma legião de fãs, um programa na televisão e a admiração de um país inteiro.

Eu cheguei lá. Fui mais longe do que qualquer um teria imaginado, fazendo durar uma fama que tinha tudo para ser passageira. Eu era o homem mais admirado do Brasil.

Mas ainda assim, eu não conseguia olhar para Valentina sem lembrar da frase repetida por tantos anos.

A vida não vale a pena sem o seu pai.

De ontem, quando 'cê abriu a porta do elevador da casa tua
Foi como se eu estivesse nua e inteira, camuflada nas retinas do teu olhar

"De ontem" — Liniker e os Caramelows

Como mágica, *Ele* surgiu.

No meio do caos das duas vidas, eu fui presenteado pelo universo.

Eu presidia um dos encontros semanais do Coletivo LGBTQ+ do Colégio Pedro II, quando eu vi *Ele* pela primeira vez, o meu querido ex.

Eu perdi a fala quando *Ele* entrou na sala da reunião.

A primeira coisa que reparei foi o rosto. Eu fiquei obcecado por todos os detalhes e traços complexos que formavam aquela face. A pele negra brilhante emoldurava os aluados olhos grandes e as sobrancelhas grossas. Era uma pintura. O sorriso ia de canto a canto nos lábios, os dentes brilhando, imaculados como se nunca tivessem encostado em uma gota de café.

Desnorteado, eu interrompi o meu discurso e pedi que se apresentasse, como fazia com todo novo membro. *Ele* demorou alguns segundos para se tocar que era a ele que eu me dirigia. Então ficou de pé, sorriu, limpou a garganta e narrou em poucas palavras o que o levara até ali.

Apesar de ser filho de um casal de mulheres, nunca tinha feito parte de uma grande comunidade, que compartilhasse da mesma orientação sexual que a sua. A maior parte dos viados e sapatões que eu conhecia tinha mais de quarenta anos e ainda considerava a Madonna como sendo o maior ícone da cultura pop. Os encontros do coletivo seriam uma oportunidade para fazer novos amigos.

E foi isso que *Ele* fez, se tornando o meu amigo, o meu melhor amigo.

Terminada a reunião, o convidei para ajudar na elaboração de alguns cartazes de conscientização sobre ISTs que espalharíamos pela escola

Antes que *Ele* fosse embora, escrevi um bilhete: *Obrigado pela ajuda, menino lindo do sorriso bonito* e, com as mãos trêmulas, escondi na sua mochila.

Ao chegar em casa, não conseguia parar de pensar no menino. *Ele* tinha o sorriso bobo que brilhava, os grandes olhos pretos e o rosto de obra de arte que fizeram com que pela primeira vez eu acreditasse em amor à primeira vista.

Ouvindo MPB, cozinhei uma fornada de cookies de chocolate. Depois de prontos, levei alguns para Valentina e coloquei o restante em um pote plástico, finalizando o embrulho com um laço vermelho. Exagerado, eu sei, mas quem não é exagerado quando se tem a certeza de estar apaixonado pela primeira vez?

Cheguei na escola e fui correndo para a sala dele. Encontrei o menino em uma rodinha conversando com amigos. Todos gargalhavam de algo que *Ele* tinha acabado de falar.

— Posso interromper por um singelo minutinho?

— Oi! É… nossa, o cara do coletivo! É… desculpa, eu sou péssimo. Eu esqueci seu nome. Sou lovatic, sabe como é.

— Lovatic?

— Sim, fã da Demi!

— Ah sim... é, Tiago.

— Quê?

— Meu nome, Tiago.

— Ah, isso, Tiago!

— Então, esses biscoitos são para você... pela ajuda com os cartazes ontem e boas-vindas ao coletivo. Desculpa se estou parecendo um stalker, se levar em conta o bilhete, é que...

— Bilhete?

— Que eu deixei ontem na sua mochila.

— Puts! Minhas mães jogaram aquele lixo na máquina de lavar ontem, estava toda encardida. Certeza que devia ter até barata morando lá dentro. Sei que parece nojento, mas uma vez aconteceu, eu juro que aconteceu... nossa, você deve estar me achando um porco, né? Tá, apenas ignora o que eu falei. Enfim, era algo importante?

— Não... é... bobeira, coisa do coletivo, depois te falo. Enfim. Isso é seu. — Eu estendi o pote, arrependido daquele laço extravagante que arrancou risadinhas do grupo ao redor.

— Nossa, não precisava! Hmmmm mas é de chocolate?

— Sim...

— Ai, seu fofo! Mas vou precisar dar pra Ágatha, eu tenho intolerância à lactose. Ei, você vai fazer algo depois da aula?

— Ah, eu não sabia que você tinha intolerância...

— Quer dar uma volta? O CCBB tá com uma exposição nova.

— Pode ser!

Ignorando o fato de ele não ter lembrado o meu nome, contei os minutos até o fim das aulas daquele dia, torcendo para que passassem tão rápidas quanto os versos da Nicki Minaj.

Uma eternidade depois, o sinal bateu. Passamos aquela tarde juntos. E a seguinte também. Assim como a próxima e a próxima.

Quanto mais íntimos ficávamos, menos tempo eu passava em casa e menos dolorosos eram os impactos causados pelas marteladas de Valentina. Com tanto contato, em pouco tempo eu já sabia muito sobre o meu novo amigo.

Apesar da beleza e aparente confiança inicial, *Ele* era um menino com inseguranças que transbordavam na pele. Sempre nervoso, sempre roendo as unhas, sempre ansioso para agradar, para rir alto de piadas sem graça antes mesmo que elas fossem finalizadas.

Diferente de Valentina, *Ele* era fácil de ser agradado e essa foi a armadilha onde eu prendi o meu rabo.

Pois quando dei por mim, era eu quem estava amarrado nele e não o contrário; era eu quem, cada dia mais desesperadamente, queria encostar naquela mão com as unhas roídas e ouvir o som da risada esganiçada.

Eu estava preso no desejo de continuar me vendo pelos olhos dele.

Pela primeira vez, a necessidade de ser aplaudido havia sido direcionada para uma única pessoa. Já não me importava com o que os professores ou os outros alunos pensassem, os louros que eu recebia deles já haviam se tornado rotina. Eu queria os aplausos d'*Ele*, e, de preferência, com *Ele* nu na minha cama.

Dia após dia, fui entregando para *Ele* tudo que eu tinha. Ajuda nas provas, escolhia peças de roupa e até mesmo oferecia dicas de educação financeira, em um tempo em que o canal da Nathalia Arcuri ainda era *indie*.

Mas ainda assim faltava uma coisa, uma coisa que *Ele* parecia relutante a me entregar, como se me provocasse, negociando para ver o quão longe eu iria para agarrar o objeto de desejo.

Me faltava o seu amor e, de um jeito ou de outro, eu iria conquistá-lo.

O que eu mais quero é tua companhia
Agora sei o que antes não sabia
O bom da vida é dividir o dia
E degustar a dor e a alegria
"Pode se achegar" — Agnes Nunes e Tiago Iorc

Certo dia *Ele* me convidou para passar um domingo em sua casa. Sem pensar duas vezes, aceitei. Seria a oportunidade perfeita, conheceria o famoso casal de mães e, longe do caos dos corredores da escola ou das ruas do centro do Rio de Janeiro, minhas chances de roubar um beijo daquela boca aumentariam exponencialmente.

Eu já havia lhe entregado livros de prosa poética com frases bonitas sublinhadas; uma playlist no Spotify com toda a baboseira pop que *Ele* gostava e até cozinhado brownies com chocolate de soja. Mas *Ele* ainda parecia não perceber o que tudo aquilo significava. Somente me restava ser explícito com os sentimentos e as palavras.

Na noite anterior ao encontro, eu não conseguia dormir.

Sem que eu pensasse, minhas mãos já estavam grudadas no meu cabelo. Primeiro arranquei apenas sete fios. Então mais sete e então mais sete. Depois, só mais sete. Quando a ardência na cabeça tornou-se mais forte do que a ansiedade, eu peguei no sono. Sonhei com *Ele* e acordei molhado. Para o bem e para o mal, aquele menino me fazia sentir como se eu tivesse treze anos outra vez.

Antes de sair de casa ao seu encontro, me olhei no espelho. Na lateral da cabeça tinha um pequeno buraco, outrora preenchido pelos fios loiros espalhados pelo chão do quarto.

Fui até o armário e peguei um boné. Em seguida, vesti uma camiseta um número menor do que o usual. A peça pressionava o meu tórax mas torneava os braços e marcava o abdômen. Se eu fizesse força, daria até para ver os quadradinhos.

Ainda assim, meu estômago revirava. A visão do espelho não era o suficiente.

Eu abri o Instagram e rolei o feed até uma das minhas fotos sem camisa na praia de Ipanema. Reli os mais de trinta comentários. *"Puts perfeito"*; *"oi sumido"*; *"homem mais lindo do Instagram"*; *"manda nudes"*, *"você tem o rosto mais perfeito do mundo"*.

Respirei fundo. Com os nervos um pouco mais relaxados pela massagem virtual do ego, eu estava pronto, na medida do possível, para ir até *Ele*.

O desconforto durou o tempo entre sair do elevador e o minuto em que uma de suas mães levou para atender a campainha. Antes que eu tivesse a chance de me apresentar, elas me puxaram em um abraço.

— Finalmente, o famoso Tiago! Entra, entra, a casa é de pobre, mas não falta nada. Pode ir ficando à vontade, tirando o sapato...

Poucas vezes eu fui tão bem recebido como na casa d'*Ele*. É doloroso admitir que nem na minha própria casa eu recebia tanto afeto. Aqui cabe uma frase clichê, pois Brígida e Maristela realmente me trataram como um filho. Ao contrário de Valentina, elas pareciam apreciar a minha presença. Na casa d'*Ele* eu não era um estorvo.

Ambas se importavam genuinamente com a minha vida e com a minha história. Os olhos atentos, o silêncio quando eu falava, as palavras gentis e a preocupação com o açúcar ou adoçante no meu suco... eu fiquei impressionado com a facilidade que aquela família tinha em demonstrar afeto.

Como não bastasse a gentileza, também não lhes faltava beleza. Enquanto Brígida ostentava um black que parecia saído de uma propaganda de salão, Maristela portava uma cabeça raspada decorada por longos brincos coloridos pendurados em uma orelha élfica. Era como se eu tivesse entrado em um reino mágico e elas fossem as ninfas protetoras de um lago sagrado. Vibrantes e cheias de vida, tão diferentes da anêmica Valentina.

Lembro de cerrar os punhos sobre o colo, ao me tocar de que estava sendo testemunha de que a vida não era justa. *Ele* fora presenteado com as duas melhores mães do mundo, enquanto eu tinha um pai abusador e machista, que havia nos abandonado e acreditava que a paternidade começava e terminava com o pagamento da pensão, além de estar preso em um apartamento mofado com Valentina e os fantasmas do seu passado.

Mas se tudo desse certo, se *Ele* fosse meu, aquela vida também poderia ser minha. Uma vida onde as noites eram floreadas com jogos de carta, fatias de pizza e sessões de *O Verão de Sam* e *Moulin Rouge* sob o edredom. Noites iguaizinhas àquela.

Já era madrugada quando Brígida e Maristela foram dormir, nos deixando sozinhos no sofá. Eu percebi pela força das batidas do meu coração que era chegada a hora.

Eu respirei fundo, desliguei a televisão, segurei a sua mão e me declarei.

— Eu tô apaixonado por você. Para ser honesto, estou apaixonado por você desde a primeira vez que te vi e acho que você sabe disso.

Olhando para o chão, Ele respondeu.

— Eu... eu tô apaixonado por outra pessoa, Tiago. Na verdade, eu... eu tenho um namorado.

Eu cravei as unhas na palma da mão.

Na minha frente, *Ele* se explicava, como se pudesse ler os meus pensamentos e precisasse se desculpar por tê-los causado. Eu não pisquei enquanto *Ele* dizia que, tudo o que mais queria, era poder me beijar mas, a despeito do desejo, não podia. *Ele* ainda estava preso em um relacionamento com outro menino, alguém que, até então, eu não sabia da existência.

Ele sempre soube mentir. Dissimulado, fora capaz de ocultar por todos aqueles meses que estava namorando. Por quê? Para quê? Eu tinha o seu tempo, sua atenção, sua admiração, sua energia, mas o seu coração não pertencia a mim, era de um filho da puta qualquer que nem lhe dava bom-dia.

Disposto a não insistir na humilhação, eu me contentei com o não. Balancei a cabeça, abri um sorriso e forcei um bocejo.

— Preciso dormir.

Fui embora horas depois. O buraco sem pelos no meu couro cabeludo saía daquele apartamento duas vezes maior do que entrara. Deixei um bilhete com uma desculpa esfarrapada, dizendo que Valentina tinha passado mal.

Você já ouviu aquela história de que não se deve inventar histórias pois elas podem se tornar realidade?

Eu virei a chave, empurrei a porta, mas não consegui abri-la. O peso impedia a minha entrada. Com a força do ombro, empurrei outra vez. Um vão surgiu e eu vi os pés descalços de Valentina. Me espremi por aquele espaço e entrei, para encontrá-la enrodilhada no chão contra a porta, a camisola manchada por vinho e a foto da cabeleireira negra agarrada na mão direita.

Respirando fundo, me sentei ao lado de Valentina e afastei os cabelos dos olhos inchados, perguntando o que acontecera. Ela me abraçou e chorou, a mão agarrada com tanta força na foto que a imagem amassava. Olhei para o teto, tentando me concentrar em minha respiração, para não desabar com a visão de Valentina no chão, agarrada ao meu corpo como se eu fosse um bote salva-vidas.

— É hoje.

— Levanta, você precisa de um banho.

— O aniversário dessa vagabunda! — Ela apertou a imagem com mais força.

Então Valentina vomitou em cima de mim; em cima de nós dois.

Eu tirei a camisa, envolvi o braço na sua cintura e a equilibrei até o banheiro. Encostei a porta e fiquei sentado no chão do lado de fora, a cabeça apoiada na parede, os olhos fechados, atento aos barulhos, esperando que ela se limpasse, torcendo para que não escorregasse e caísse.

Sã e salva de si mesma, Valentina foi para o quarto e eu entrei no banho. Esfreguei o corpo com a esponja áspera, refletindo sobre como as horas anteriores na casa de Brígida e Maristela pareciam pertencer a uma outra dimensão.

Já era de manhã quando me vesti, e em duas horas eu deveria estar na escola.

Levei para Valentina um Engov que encontrei perdido no meu quarto. Ela engoliu o comprimido e pediu que eu ficasse mais um pouco. Sentei ao seu lado e segurei a mão de unhas descascadas até ela pegar no sono. Eu dei um beijo em sua testa e fui embora.

Cheguei atrasado na escola, perdi a aula de biologia do primeiro tempo e, quando a inspetora finalmente autorizou a minha entrada, encontrei *Ele* esperando por mim na porta da sala.

— Tá tudo bem com a sua mãe?

— Tá, sim, Valentina passa mal às vezes.

— Que bom! Não. Pera. Quer dizer, que bom que ela está bem e não que ela passa mal às vezes.

— Eu entendi.

— Olha, sobre ontem a noite...

— Relaxa. Eu tava viajando quando disse tudo aquilo. Tá de boa.

Depois daquele dia, eu fiz força para me convencer de que só queria *Ele* como um amigo mas, como muitas outras tentativas ao longo da minha vida, eu falhei tão miseravelmente quanto o remake de 2019 do filme das Panteras.

Perceber que *Ele* não me queria como namorado fez com que eu o desejasse ainda mais. Mas, a despeito da minha vontade, nada mudava entre nós. Eu continuava a ser "só" um amigo. Eu me tornara amigo de suas mães, eu conhecia os seus segredos mais íntimos, mas era por outro que ele chorava, e, agora, procurava conforto nos meus ombros.

O meu último ano escolar acabou sem termos trocado um único beijo.

Quero me aquecer

Sentir o seu calor

Amor é só me chamar

Que eu vou

"Beija-Flor" — Timbalada

Eu me formei e passei para a faculdade, onde, pelo menos por um tempo, eu estaria longe da confusão de sentimentos que a presença daquele menino criava dentro de mim. Frente ao caos e à novidade que veio com a formatura, aos poucos *Ele* foi se tornando uma memória desbotada.

Eu passei a ter outras prioridades e quando dei por mim, havíamos parado de nos falar; no máximo, uma mensagem no WhatsApp compartilhando um meme vez ou outra. Depois de um tempo, nem isso.

Ser especial na universidade, principalmente em uma instituição particular da "elite carioca" como a PUC-Rio, não era tão fácil quanto na escola. Quase todos eram politizados, bonitos e sarados. Manter a reputação, que eu achava que me levaria longe, exigia muito mais de mim. Eu não tinha tempo para perder com o meu próprio ego ferido por causa da rejeição de alguém que não sabia o que estava perdendo.

Ainda mais se eu quisesse aproveitar todas as oportunidades para fazer uma grana o mais rápido possível e sair de casa, onde a convivência se tornava mais insuportável a cada dia que passava.

Otaviano pagava a faculdade, mas não colaborava com nada mais, e Valentina, em vez de levantar a bunda da cama e procurar um emprego, fazia questão de me lembrar do quanto o dinheiro que era gasto na minha mensalidade poderia comprar.

Ao longo dos primeiros semestres do curso de Relações Internacionais, conheci novas pessoas, que apesar de "novas" nada tinham de diferentes. Todos, absolutamente todos, se pareciam fisicamente comigo, do coque no cabelo liso até o estilo propositalmente despojado. Diversidade tornou-se um tópico instrumentalizado somente nos debates políticos, encontros de coletivos e apenas. Pela primeira vez, eu tive que me acostumar a ser só mais um na multidão.

Pelo menos até o momento em que comecei a namorar.

Enzo era filho de diplomata, morador da Barra da Tijuca, exatamente quem eu seria se Otaviano não tivesse deixado Valentina fodida.

Os professores nos confundiam mas não por compartilharmos hábitos e formas similares de se portar no mundo, mas sim por sermos quase idênticos em aparência. Idênticos da mesma forma como eram todos os nossos amigos, fiéis ao padrão de beleza do gay branco carioca. Da cor do cabelo até a cor da pele, era como se eu namorasse um irmão gêmeo.

Enzo conheceu Valentina na nossa segunda semana de namoro. Ela ficou encantada. Quando eu chegava com ele, a famigerada frase sobre o meu pai até chegava a ser menos constante. Enzo era o assunto principal nos almoços de domingo e o fato do rapaz ostentar uma família com carreira na diplomacia era, certamente, um grande diferencial.

Certa vez, durante uma visita dele, Valentina se ofereceu para cortar o seu cabelo enquanto narrava as histórias da infância no salão mágico da mãe. Ao ouvir a oferta, arrastei a cadeira no chão, me levantei e fui até banheiro. Me encarando no espelho, cravei meus dedos na cabeça e contei até sete, cada número trazendo junto um fio de cabelo arrancado.

Voltei para a sala trazendo a sobremesa.

Para infelicidade de Valentina, aquele relacionamento durou pouco; durou até o momento que recebi um telefonema.

Foi tudo que precisei para terminar com Enzo.

Ele me chamou. Eu fui.

And who cares? Divine intervention
I wanna be praised from a new perspective
But leaving now would be a good idea
So catch me up on getting out of here

"New Perspective" — Panic! At The Disco

— Sonhei com você ontem. Eu queria muito te ver.

Ouvir a voz quase sussurrada foi o que bastou para que *Ele* voltasse a ser uma constante nos meus pensamentos.

Livre de Enzo, nada mais me impedia de correr atrás d'*Ele*, agora também um universitário, cursando administração em uma faculdade também na zona sul carioca. Nas ligações cada vez mais constantes, flertamos como adolescentes e eu assumi que *Ele* também estivesse solteiro.

Apesar de recuperarmos o contato, eu demorei para, de fato, revê-lo. Repetia para mim mesmo que estava esperando pela melhor oportunidade. Mas esse momento parecia chegar nunca e eu não aguentava mais esperar. Eu tinha que vê-lo, e logo. Com aquela maldita ligação, a saudade reprimida ao longo dos primeiros semestres da vida universitária ressurgira como Jesus Cristo na Páscoa.

Foi aí que eu tive a ideia de convidá-lo para passar comigo o Dia dos Pais.

44

Eu sabia que, por mais que o Dia dos Pais fosse a data comemorativa mais flopada do ano, ainda era um momento significativo para *Ele*.

Eu já ouvira algumas histórias sobre como o seu pai biológico nunca estivera presente e como todos os coleguinhas do jardim de infância perguntavam qual das duas mães era o pai. Afinal, ninguém sabe ser tão escroto quanto menores de sete anos.

O que eu quero dizer é que não foi surpresa quando *Ele* aceitou o meu convite. Até porque também não seria um episódio tranquilo para mim.

Todo mundo sabe que o laço entre todo e qualquer indivíduo desse nosso Brasil é o fato de pais serem grandes filhos da puta.

Mas tal evento anual não seria tão traumático, se não fosse pelo grande e constante detalhe da minha vida: Valentina.

Ano após ano, eu enfrentava o mesmo caos ritualizado. Não importava o quão tarde eu chegasse em casa, vindo do apartamento da minha avó Etienete, a mesma cena se repetia.

Eu sempre encontraria os mesmos olhos injetados e as mesmas unhas compridas descascadas cravadas no braço da poltrona, que junto com as orelhas tuberculosas, esperavam para ouvir os meus passos pelo corredor; rangendo os dentes até, finalmente, identificar o barulho metálico da chave abrindo a porta, para então dar o bote e me bombardear com as perguntas mais absurdas sobre a vida do ex-marido.

— Ele engordou? A estagiária engordou? Ela ainda não conseguiu engravidar?! Ele ainda tá no mesmo escritório?! Eles compraram um apartamento de frente pra praia?! Ele perguntou por mim?

Já que eu não tinha escapatória, que pelo menos eu passasse a data ao lado da pessoa que eu mais desejava no mundo.

45

E assim foi feito.

Marcamos na estação de metrô próxima à casa da minha avó. Eu fui o primeiro a chegar. Andando de um lado para o outro na saída da estação Cardeal Arcoverde, eu esfregava sem parar as mãos na camisa, secando o suor que empapava a pele. Com o dedo indicador, pressionei a bolinha que fica no meio do peitoral, uma estratégia de relaxamento que eu havia visto em algum vídeo aleatório do YouTube.

Ele chegou quinze minutos depois. Com a testa brilhando, subiu as escadas de dois em dois, pedindo desculpas pelo atraso.

— Tá de boa, é... é bom. É bom te ver outra vez.

Eu estava hipnotizado pelo efeito do suor em sua pele, incapaz até de piscar, balbuciando qualquer coisa parecida com um cumprimento. Na mão direita, *Ele* carregava uma travessa. O pudim das mães, uma lembrança para a minha avó e para o meu pai.

Com o braço livre, *Ele* me envolveu pela cintura e eu inspirei o cheiro doce do perfume do seu cabelo crespo. Nos cinco minutos que separavam a estação do metrô do apartamento de minha avó, eu já me sentia de volta ao conforto dos anos do ensino médio.

Chegando ao apartamento, Etienete substituiu o bom-dia pela notícia de que, pela primeira vez na história do Dia dos Pais pós-separação, Otaviano não estaria presente. O homem havia acabado de ligar. Monique não estava se sentindo bem e os dois estavam no hospital.

No meu celular vibrou uma mensagem dele.

"Comemoraremos o dia dos pais em momento mais oportuno."

Eu não respondi.

Segundos depois, o aparelho tornou a piscar, uma notificação do aplicativo do banco sinalizava um depósito de mil reais na minha conta-corrente. No remetente, o nome de Otaviano. Eu desliguei o telefone.

Assim, o que era para ser um almoço de Dia dos Pais, tornou--se um almoço entre eu, minha avó paterna e meu quase amigo/quase crush. Apesar do desfalque da suposta atração principal, nossa presença pareceu bastar para minha avó.

Desde o momento em que *Ele* casualmente mencionou que tinha duas mães, Etienete não parou de perguntar "curiosidades" sobre tal constituição familiar. Em certo momento, ela se virou para mim, ergueu uma única sobrancelha e perguntou em alto e bom som:

— Então, Tiago, conta pra vovó desatualizada, como é ter duas sogras?

Ele soltou uma gargalhada. Já eu, não consegui responder nada, travado com a boca aberta e uma cara de panaca, enquanto ficava rubro de vergonha. Antes que pudesse justificar que éramos apenas amigos, Etienete levantou-se e escancarou a boca em um bocejo. Precisava de um cochilo; deixaria os *"pombinhos sozinhos"*.

Juntos, eu e *Ele* tiramos a mesa. Eu lavei a louça, *Ele* enxugou. Eu tirei a toalha da mesa, *Ele* arrumou as cadeiras. Nos servi com o pudim das minhas futuras sogras e, finalmente, nos jogamos no sofá, engatando um papo saudosista sobre a vida no Pedro II; fofocando sobre ex-colegas de classe que, mal saíram do ensino médio e já estavam casados. Ríamos alto, não pelas piadas, mas pela euforia de perceber que ainda era possível emular a conexão do passado.

Quanto o assunto já estava moribundo, eu liguei a televisão e dei play na série *Sense8*. *Ele* deitou a cabeça em meu colo e eu emiti um discurso brega, sobre como *Ele* era especial. Porque era verdade, *Ele* sempre foi um cara especial.

Ele não falou nada, apenas se mexeu, acomodando-se melhor na minha coxa. O contato da sua pele fez até o bico do meu peito se arrepiar. A carne quente e macia da nuca deslizava pela parte da minha perna que estava descoberta pelo short. Eu mordi o lábio inferior com tanta força que um filete de sangue encheu a boca.

Eu estava paralisado. Apenas retesava os músculos, me transformando em uma estátua encravada no antigo sofá de Etienete. Nem queria respirar com mais força do que o necessário, como se um movimento pudesse romper aquele momento sagrado.

Um estampido metálico ecoou pela sala.

Ele deixara cair o pote com os restos do seu pedaço de pudim. Com um salto, me coloquei de pé e recolhi a tigela. A calda de açúcar correu por entre os dedos, lambuzando a minha mão. Eu dei um passo na direção da cozinha. *Ele* segurou meu pulso.

— Deixa que eu limpo.

Ele me puxou para perto e chupou o meu polegar. Eu fiquei duro, sem palavras para reagir àquele contato igualmente íntimo e inesperado. Ignorando minha falta de reação, *Ele* continuou a me limpar. Um por um, todos os meus dedos entraram e saíram de sua boca, enquanto meu pau latejava e molhava a bermuda.

Eu me joguei sobre ele no sofá, envolvi sua nuca com a mão direita e beijei sua boca. Nunca havia sentido nada igual e nem voltaria a sentir ao longo do nosso relacionamento. Todos os clichês se tornaram reais ali. Nossas línguas eram uma, e o sangue que brotou na minha boca antes agora também estava na dele.

Ele parou de me beijar, removeu os óculos embaçados do rosto e, sem tirar os olhos dos meus, desceu a mão pela braguilha, abrindo o zíper da minha bermuda.

A porta do quarto da minha avó rangeu. Eu só tive tempo para jogar uma almofada no colo.

Para minha sorte, Etienete estava tão empolgada que não registrou as claras evidências do amasso no sofá. Com o celular de flip na mão, vinha saltitando e batendo palmas em nossa direção.

— Monique e seu pai estão grávidos! Grávidos! Finalmente grávidos! Tiago, você vai ganhar um irmãozinho! Meu Deus, eu preciso contar pra safada da Loreta.

Eu arregalei os olhos e levei até o cabelo os dedos, ainda com os resquícios de saliva e calda de açúcar queimado. O beijo, a minha cueca à mostra sob a almofada, meu pai com outro filho, Valentina...

O celular de minha avó tocou mais uma vez. Ela atendeu aos berros e foi para a cozinha. Aparentemente, a novidade já estava se espalhando pela família.

Transtornado, como se apenas agora tivesse se tocado do que havia feito, *Ele* aproveitou a deixa para afirmar que precisava ir, tinha algo para resolver.

Ele não me abraçou, não me beijou e nem se despediu de minha avó. Simplesmente se levantou e foi embora, me deixando sem a menor ideia de como ficaram as coisas entre nós.

Somente anos depois, quando recebi suas cartas, eu descobri o que *Ele*, de fato, havia feito aquela noite.

Descobri que não voltou para casa.

Saindo de Copacabana, *Ele* tomou um ônibus e foi até a casa do, ainda, namorado. Pois sim, diferente do que eu pensava, naquele dia *Ele* ainda estava namorando.

Quando *Ele* me beijou pela primeira vez, ainda era o namorado de alguém. Por alguns minutos, eu fora o seu amante. Pela segunda, e não última vez, *Ele* havia me enganado. Ou melhor, eu havia me deixado enganar, estava desesperado para ser enganado.

Até hoje, passada mais de uma década, ainda fico em dúvida sobre considerar o episódio uma mentira ou uma omissão. Esses questionamentos só vieram a fazer diferença em retrospecto.

Nós nunca mais conversamos sobre aquele que veio antes de mim. Eu não perguntei. *Ele* não falou. Fingimos que a nossa vida iniciou naquele domingo dos pais, com aquele beijo.

Quando começamos a namorar, semanas depois, eu agia como se eu fosse o seu primeiro namorado e vice-versa. Mas naquele fim de tarde, quando ainda éramos apenas amigos, eu, motivado pelo tesão e pela saudade, assumi que *Ele* também estava livre. Ora, havia sido essa mesma convicção que inclusive fizera com que eu terminasse com Enzo.

Será que se eu soubesse que *Ele* ainda namorava, o beijo teria acontecido? Será que se o beijo não tivesse acontecido, nós não teríamos namorado? Será que se a gente não tivesse namorado, a minha vida teria tomado esse rumo trágico? Será que ele ainda estaria vivo? Será que eu estaria aqui em Portugal? Será que eu ainda estaria morando no Rio, casado e vivendo dos espólios da fama?

Depois de tanto sofrer com esses questionamentos, cheguei a uma conclusão: "será?" e "se" são termos que só prestam para tirar o sono, e eu não aguento mais gastar com melatonina.

De nada adianta esmiuçar cada escolha do passado e mensurar os impactos dos efeitos borboleta que me levaram por esses caminhos ao lado do meu ex-namorado. Certo ou errado, foram esses os episódios que formaram quem eu sou, que me trouxeram até esse escritório, colocaram na minha mão essa caneta e me permitiram debulhar no papel essas palavras.

Afinal, não é como se eu tivesse outra escolha. Hoje, eu sei que não consigo ser outra pessoa.

And if tomorrow it's all over
At least we had it for a moment
Oh darling things seem so unstable
But for a moment we were able to be still

"No Choir" — Florence and the Machine

Naquele Dia dos Pais, eu voltei da casa de Etienete com o celular grudado na orelha, telefonando para *Ele* durante o trajeto Copacabana-Tijuca. Em todas as tentativas era recebido pela mesma gravação: caixa postal ou desligado.

Entrei no elevador do prédio mas não apertei nenhum botão. Minhas pernas estavam trêmulas com a iminência do que eu estava prestes a lidar e minha mão se recusava a apertar o número que levaria até ao meu andar.

Otaviano teria outro filho, eu teria um irmão.

Eu saí do elevador e me larguei no sofá da recepção. Fiquei ali por muito tempo, olhando para o nada, deslizando a tela do celular, observando os vizinhos chegarem e saírem. Quando a espera tornou-se insuportável, eu respirei fundo e subi as escadas, me arrastando pelos degraus.

A tentativa de autoengano não deu certo. Valentina estava lá, ainda acordada, como um encosto no meio da sala com as luzes apagadas, onde o único brilho vinha de seus olhos esbugalhados, esperando pelas notícias que não queria receber. Eu não tinha para onde fugir. Pelo menos ela estava sóbria.

Respirei fundo e não permiti que começasse o inquérito. Virei de costas e, enquanto trancava a porta, bradei.

— Monique está grávida.

Eu olhei para ela. A cara impassível observava o nada, os cabelos longos e sem corte a assemelhando a uma versão feminina do Conde Drácula.

Em silêncio, fui para o meu quarto.

Acordei na manhã seguinte com o cheiro do café serpenteando por debaixo da porta. Abri os olhos e estremeci. Aquilo não era normal. Valentina sempre acordava depois de mim. Era eu quem fazia o café. Será que ela havia contratado uma empregada?

Pé ante pé, eu saí do quarto. Na cozinha, uma mesa enorme de café da manhã esperava por mim. Eu encostei as costas da mão em um dos pães na cestinha, estava quente.

— Valentina?

— Bom dia, luz do dia!

A resposta entusiasmada veio no mesmo instante, vinda do banheiro. Eu bati na porta e ela abriu.

Na mão direita, Valentina segurava sua tesoura dourada. No chão, havia tanto cabelo que não era possível ver o piso. No rosto, emoldurado pelo penteado agora curto... um sorriso.

— Gostou?

— Eu... aham.

Tomamos café da manhã juntos, conversando e atropelando os assuntos como se estivéssemos longe um do outro há anos. Quando terminamos de comer, ela foi até o armário, pegou duas garrafas de vinho, destampou e despejou o líquido roxo na pia da cozinha.

52

Naquela manhã, fui para a faculdade acreditando que as coisas poderiam melhorar.

Na hora do almoço, *Ele* finalmente telefonou. A transformação súbita de Valentina me fizera esquecer que eu não fazia ideia do que tinha acontecido entre nós no dia anterior.

— Tiago, será que a gente pode se ver? Tipo... agora?!

Ignorando minha aula, despenquei do bairro da Gávea para a Praia Vermelha, onde ele estudava. Não perguntei por que *Ele* não havia atendido o telefone na noite anterior. Somente nos beijamos no meio do campus da UFRJ, ignorando tudo e todos ao redor. Nos beijamos e nos tocamos como se fôssemos adoecer sem o atrito de peles.

Depois daquele dia, voltamos a ser um.

Fosse compartilhando xícaras de café na Confeitaria Colombo ou saindo com fantasias de casal no Carnaval, estávamos sempre juntos. Nossos corpos estavam costurados um no outro. Eu vestia a pele dele e ele vestia a minha. Eu desfilava para todos os cantos segurando a sua mão, aproveitando qualquer oportunidade para não deixar nenhuma dúvida de que *Ele* estava me fazendo o homem mais feliz do mundo.

Não demorou para oficializarmos a relação. Bêbado, eu juntei um monte de flores que decoravam as mesas de um restaurante japonês onde jantávamos e, evocando o espírito dos clipes da Taylor Swift, tão amada por *Ele*, ajoelhei e falei alto, pedindo a atenção de todos ao redor.

— Sei que isso aqui não é o clipe de "Love Story", mas você quer ser meu namorado?

— Sim! Sim, sim, sim, um milhão de vezes sim!

— Mesmo eu não gostando de Taylor Swift e não sabendo o que é um Lovatic?

— Eu abro uma exceção pra você, Tiago.

Eu o peguei no colo e beijei sua boca. Era para valer, nós éramos namorados, sedentos por tudo que vinha com aquele novo status no Facebook.

A alegria até transbordou para dentro da minha casa.

O outrora lúgubre apartamento da Tijuca começava a ganhar vida. Valentina, em sua jornada pessoal após a descoberta da gravidez da estagiária, deixou de passar os dias trancafiada em casa. Portando o novo corte à la Emma Watson pós-Harry Potter, ela começou um curso em um salão próximo de casa, para "se atualizar e conhecer gente nova" e estava se aventurando em aplicativos de encontro, inclusive pedindo meus conselhos sobre os perfis do Tinder que deveria dar like ou não.

— Esse aqui até lembra o seu pai, não é?

Valentina não voltou a cortar meu cabelo mas os, outrora frequentes, buracos no meu couro cabeludo já não faziam mais aparições e os impulsos de arrancar os fios eram cada vez menores.

Naquela época, vendo o mundo através dessa ótica positiva, todos nós fomos capazes de aproveitar o sossego; de estabilizar o caos. Foi um desses momentos singulares, onde tudo na vida parece se encaixar, quando as coisas se alinham. Apenas nos deixamos deslumbrar pela inusitada beleza e euforia que a vida ainda podia trazer.

Mas a felicidade é uma monotonia. Os demônios ainda estavam lá. Dentro de nós, aguardavam ansiosos. Nunca foram realmente afugentados ou exorcizados, estavam apenas se escondendo nos armários.

Além do mais, nada que vem de repente é estável. As mudanças só permanecem quando chegam aos poucos, e a felicidade é uma prática diária, não algo que vem de brinde com um namoro ou um novo corte de cabelo.

Eu viria a descobrir isso da pior maneira possível.

Mas naqueles dias, ignoramos todos os sinais de aviso em prol da euforia. Estávamos ocupados demais, nos empanturrando de paixão e esperança, inconscientemente conscientes de que, em breve, a felicidade seria escassa.

PARTE 2

PARTE 2

Sou teu amor de fim de festa
Tua bebida mais barata

"Fim de Festa" — Jão

— Pô, o moleque é mó gente boa, né não? Puts! — Fox bateu com as palmas das duas mãos nas coxas. — De boa se eu mandar um "moleque", né?! Não é problemático, ou é?!

O Fox foi o único que gostou d'*Ele*. Só pra constar, o nome dele era Bruno Raposo, mas era conhecido, graças a si mesmo, como o Fox. Um péssimo apelido para quem tem certeza que vai ser o representante do Brasil nas Nações Unidas.

— Não, Fox. Não foi problemático. Relaxa, ninguém vai te cancelar.

— Pô, alívio.

O meu namorado tinha acabado de ir embora naquela que fora a primeira vez que saímos com os meus amigos em um almoço no Berinjela, um restaurante meio metido à besta dentro da PUC. Eu não queria que *Ele* se sentisse pressionado, então tentei fazer com que o convite soasse o mais casual possível. Um almoço descompromissado antes da aula deveria ser inofensivo.

Deveria.

Na época, culpei Fox e Enzo pelo desastre que foi aquela tarde. Hoje, entendo que a responsabilidade foi minha.

Afinal, o quão estúpido eu tinha que ser, para achar que seria uma boa ideia convidar meu ex para almoçar com o cara com quem eu tinha acabado de engatar um relacionamento? Para mim estava bem claro que Enzo era apenas um amigo, o que ainda era sorte, dada a maneira como terminamos. Mas daí, traduzir essa informação para *Ele* já era outra história.

Para piorar, Enzo tomara conta da mesa. O que não era difícil para ele, que carregava no currículo cursos de oratória em três idiomas. Assim, o que deveria ser uma ocasião para integrar *Ele* na minha rotina, foi o primeiro passo em direção ao fundo do poço.

Enzo fez questão não só de discorrer exclusivamente sobre trabalho e a faculdade de Relações Internacionais, assuntos que excluíam *Ele*, como também de relembrar os tempos do nosso namoro, encostando na minha mão sempre que começava uma nova frase com um *"lembra aquela vez que a gente…"* e deixando o braço recostar sobre meu ombro por alguns segundos.

Preciso ser honesto e dizer que gostei daquilo, meu ego sempre em busca de qualquer oportunidade para aumentar. Enzo era obviamente um cara atraente, e, para melhorar, um cara atraente que ainda estava interessado por mim.

A sensação de que, naquela mesa, *Ele* estava ciente do quão valioso era me ter como namorado, do tanto de gente que ainda me queria, me energizava. Eu me empertiguei na cadeira, esticando a coluna e estufando o peito, permitindo que a conversa rolasse.

Até que Enzo mencionou Valentina.

— … mas e aí, fofinho, já conheceu a sogra? Valentina é o máximo, né? Não sei por que Tiago me fez esperar, tipo assim, duas semanas! Duas semanas, até me apresentar aquele xuxuzinho de mulher! Inclusive, saudades não precisar gastar com cabeleireiro.

A mão d'*Ele* se fechou em um punho embaixo da mesa. *Ele* abaixou a cabeça, encarando o próprio All Star desamarrado, mantendo silêncio. Já fazia alguns meses que estávamos namorando e nos conhecíamos há muito mais tempo, e eu nunca o apresentara à Valentina. Nem sequer mencionara a possibilidade. Eu estava escondendo o meu namorado, e depois de anos eu, finalmente, consigo assumir o motivo.

Eu não queria apresentá-lo para Valentina porque *Ele* era preto, e, apesar de amá-lo, eu começava a ter vergonha de tê-lo como namorado.

Posso imaginar o que você está pensando agora, caro leitor. Principalmente se você for um desses que bate no peito para se chamar de desconstruído e dar lições de moral no Twitter toda vez que alguém fala algo que destoa da cartilha da sua patrulha de militância.

Você está pensando que, se eu tinha vergonha da cor dele, eu não o amava de verdade. Mas a vida não é tão simples quanto os posts de caracteres limitados nas redes sociais. Não era falta de amor o meu problema, era algo muito pior: era racismo.

Ele era preto, preto retinto, não era moreno, pardo ou moreninho. Preto como a mãe de Caíque, preto como a "estagiária grávida", preto como nossas antigas empregadas. Eu não queria admitir que tinha uma mãe racista e que, ao ser conivente com tal comportamento, eu estava sendo também racista. No final das contas, parece que aquele ditado que diz que nos tornamos o que mais tememos é verdade.

Me restava somente inventar mil desculpas para justificar o injustificável. A casa está em obra. Valentina está doente. Valentina está viajando...

Mas depois daquele almoço, eu tive certeza. *Ele* sabia.

O silêncio na mesa foi quebrado pela voz grave do Fox.

— Tá maluco, meu parceiro! Essa parada de conhecer sogra é rolê errado. Se liga, quando fui na casa da Aninha, pô, chamei a mãe da mina de vó, tá ligado? Minha cara foi, assim, no chão! Deixei o chão brilhando! O pior é que a mina nunca esqueceu, né, até jogou isso na minha cara quando a gente terminou.

Eu forcei uma risada que morreu sozinha e Fox seguiu tagarelando em seu dialeto heterossexual. Alguns minutos depois, meu namorado se levantou, a cadeira arranhando o chão.

— Preciso ir. Aula. Prazer conhecer vocês, viu.

— Eu te acompanho até o ponto, amor meu.

— Não precisa. A gente se fala depois.

Eu deixei que ele se fosse.

Brincando de amassar o guardanapo, Fox sorriu e disse que gostara do meu namorado. Eu olhei para Enzo, esperando algum comentário. Ele se recostou na cadeira, olhou para o alto e cruzou os braços.

— Posso ser bem sincero? E, tipo, sem ofensa, é só a minha opinião, mas ele é meio feiozinho, não acha? Tipo, gosto é gosto e tal, mas eu fico até ofendido... achei que você tinha me largado por algo melhor.

Boquiaberto, segurei os braços na cadeira para não pular em cima do meu ex.

— Vai à merda, Enzo! Ele é um homem muito maior e melhor do que esse seu rabo racista.

— Racista? Oi? A senhorinha tá boa? Descansa aí, militante, quem tá falando em racismo é você. Tô só sendo sincero. Não vem projetar em mim as suas neuras.

Minha garganta ficou seca. Enzo se levantou, jogou o dinheiro da conta na mesa e foi embora. Eu fiquei ali, vendo Fox destruir os guardanapos e lutando para desencravar de dentro de mim as palavras de Enzo.

No caminho de casa, mandei algumas mensagens para *Ele*, perguntando se estava tudo bem e agradecendo pela presença no almoço. Dessa maneira mesmo, com essas palavras, eu o *agradeci pela presença*, como se o almoço fosse a merda de uma palestra da faculdade.

Para minha surpresa, a resposta veio logo em seguida. Eu arregalei os olhos, lendo a frase umas três vezes. Tinha certeza de que levaria um gelo como castigo pelo meu comportamento. Mas não, nenhuma menção ao desastre recém-ocorrido, nenhuma indireta. Na mensagem, *Ele* apenas me convidava para uma festa naquela mesma noite, onde estariam todos os seus amigos.

Nada mais justo. Uma chantagem tácita: eu te desculpo pelos seus amigos babacas e você não reclama de sair com os meus próprios amigos babacas.

Eu detestava aquela boate, mas engoli o protesto. Afinal, o local era a cara dele, uma festinha adolescente no centro do Rio, onde só tocava música pop para um público formado quase exclusivamente por adolescentes usando calça *skinny* colorida. Bufando, eu respondi que topava e que levaria o Fox.

Eu encaixava a chave na fechadura do apartamento, quando minha atenção foi desviada do celular. Um barulho vinha lá de dentro.

Gargalhadas.

Empurrei a porta com cuidado, para ter o vislumbre de um homem grisalho sentado em uma cadeira no centro da sala. A boca escancarada ria tão alto que eu conseguia ver os dentes obturados enquanto ele levava as mãos à barriga, como se estivesse com dor. Atrás dele, Valentina segurava a tesoura dourada, aparando o cabelo do sujeito. Alguns fios brancos já brilhavam no chão.

Ainda sorrindo, ela reparou na minha chegada.

— Chegou mais cedo hoje, filho? Achei que tinha aquele encontro do coletivo. É bom que você conhece o Flávio, meu... meu namorado?

Ela corou e tenho certeza que minhas sobrancelhas quase voaram. Fiz um esforço para não deixar transparecer o espanto, e me aproximei para apertar a mão dele.

Com a mão branca e peluda como a de meu pai, Flávio esmigalhou meus dedos.

— Coletivo?

Valentina respondeu por mim. Eu até sorri, notando o orgulho em sua voz ao afirmar que eu presidia o coletivo LGBTQ+ da faculdade.

— Tá envolvido com essas coisas? Rapaz, toma cuidado. Ô Valentina, esses jovens estão sendo doutrinados. Precisa ficar de olho nisso. Já ouviu falar da ideologia de gênero?

Eu enfiei as mãos no bolso e segurei as palavras na boca, esperando que Valentina falasse alguma coisa. Mas ela se fez de surda, apenas seguiu cortando o cabelo de Flávio, que agora narrava os perigos de se envolver com "professores esquerdistas adeptos do marxismo".

Meus dedos foram até o meu couro cabeludo.

Não era possível que dentre toda a fauna dos aplicativos de encontro, Valentina tivesse dado match com o espécime "reacionário de Facebook".

Fui para o quarto e tranquei a porta, me jogando na cama e cerrando os olhos, torcendo para que, quando acordasse, aquele Flávio já tivesse evaporado e se provado um delírio coletivo.

Acordei com o telefone tocando. No visor, a foto do meu namorado. Dei um berro comigo mesmo.

— PUTA QUE PARIU, A FESTA!

Saltei da cama. Já eram dez da noite.

Corri para o banheiro, escovando os dentes enquanto pulava em um pé só, enfiando uma perna por vez dentro da calça. Pronto na medida do possível, irrompi pela sala. Flávio ainda estava lá, deitado no sofá, a cabeça ostentando o novo corte apoiada no colo de Valentina, que acariciava o rosto do coroa. Na televisão, um filme recente do Michael Bay (pelas explosões e carros-robôs, só podia ser dele). Me despedindo enquanto procurava as chaves, avisei que não tinha hora para chegar.

Eu me precipitei para a porta e ouvi quando Flávio pigarreou, seguido pela voz de Valentina, perguntando para onde eu ia.

— Uma festa, Valentina.

Ao lado dela, agora sentado, Flávio estava inquieto. A cabeça grisalha meneava para frente, incentivando que a namorada fosse em frente com os questionamentos.

— Acho melhor você falar, Flavinho.

Flávio empertigou-se, passando a mão pelo cabelo oleoso e começando um discurso pronto sobre os cuidados com bebida e outras coisas que acontecem "nesse tipo de ambiente".

— Muitíssimo obrigado pela generosa preocupação.

Bati a porta do apartamento e cravei meus dentes no lábio inferior, engolindo um grito. Respirei fundo, chamei um Uber e fui até a casa do Fox. Meu amigo também tinha se esquecido da festa, mas nem se deu ao trabalho de tomar banho ou trocar de roupa.

Finalmente, estávamos a caminho da boate.

Fox pode esquecer de tudo mas não se esquece da bebida. Ele havia trazido junto uma garrafinha de Gatorade, repleta por uma mistura vermelha brilhante.

— Suco em pó de morango e vodka, meu parceiro! Essa aqui é só pros brabos.

Ignoramos o bom senso e matamos a bebida antes de chegar na boate. Quando eu desci do carro, sorria para todo mundo.

Não sei quanto tempo demorei até conseguir encontrar *Ele*. Quando o vi, estava parado em um canto, os braços cruzados e o pé batendo no chão. No meu celular, mil e uma mensagens não visualizadas perguntavam sobre o meu paradeiro.

Nos cumprimentamos com um selinho. Mais uma vez, esperei por uma bronca ou um comentário que não veio. Sempre tivemos isso em comum, a habilidade de fazer o caos parecer perfeito.

Ele me apresentou, pela segunda ou terceira vez, aos amigos. Alguns eu já conhecia de vista, do tempo da escola. Forcei um sorriso, mas sem muito sucesso. Eles não gostavam de mim e eu não gostava deles, talvez fosse para o melhor.

Fox havia assumido como meta pessoal não deixar a minha mão vazia, de forma que eu estava sempre segurando uma garrafa de bebida. A cada música, se tornava mais difícil de entender quem era quem naquela rodinha serpenteada pela fumaça de gelo seco. Todos tinham a mesma cara e pareciam saber de cor as músicas pops que tocavam.

Até mesmo Hannah Montana eles conheciam. E que tipo de balada tocava Hannah Montana? Para o meu total desespero, Fox se juntou ao coro daqueles eternos adolescentes, gritando a letra de "Best of Both Worlds".

Aquela foi a minha deixa para meter o pé da pista e sair para fumar um cigarro. *Ele* foi atrás de mim. Na área de fumantes, me toquei que estava sem um maço. Cutuquei o ombro de um menino branco, que estava com a camisa amarrada no cós da calça.

— Amigo, cê me arruma um cigarro?

— Troco por um beijo.

— Foi mal, tô com meu namorado.

Eu segurei a mão d'*Ele*. O descamisado o olhou dos pés à cabeça, colocou as mãos nos quadris e tornou a me encarar com um sorriso de canto de boca.

— Não precisa mentir, viu. Pode só falar que não tá a fim.

O cara tirou uma mão do quadril e me passou o cigarro que estava aceso em sua boca. Eu dei uma tragada.

— Mentir? Não entendi. — Eu soltei a baforada na cara dele.

— Me poupa, né? Um boy assim ia namorar com um cara desses?

Empoderado pelo álcool, eu o agarrei pelo colarinho e o imprensei contra a parede.

— Olha aqui, moleque, eu não te conheço e você não me conhece. Ao menos que você queira sair daqui com a cara quebrada, vai pedir desculpas pro meu namorado.

— Me larga, porra! Eu vou chamar o segurança, você tá me machucando, seu doente! — Ao redor, as pessoas se aglomeravam.

— Pode chamar, mas te garanto que até ele chegar você já não vai conseguir andar.

Eu larguei o menino, que cuspiu um pedido de desculpas. *Ele* assentiu com a cabeça, dizendo que estava tudo bem. Dei um beijo demorado em sua boca, me afastando quando senti as suas lágrimas caindo sob o meu lábio superior.

— Desculpa por esse babaca, amor.

— Você tá doido, Tiago?

— Doido por quê? Porque eu te defendi?

— Eu não preciso que você me defenda, eu sei me virar.

— Sabe mesmo? O cara tava te sacaneando!

— E por isso você vai ameaçar ele? O que pensam da gente é problema deles, não é isso que você sempre fala nos seus discursos? Então pronto. Eu me importo é com o que você pensa, não os outros. A não ser que você concorde com o que ele disse.

— Claro que não. Eu te amo.

— Então vê se você se controla da próxima vez. Você não é super-herói e muito menos um príncipe encantado. Eu não preciso que você me salve de nada e nem de ninguém, Tiago.

Eu dei as costas e voltei para a pista de dança com *Ele* no meu encalço.

O restante da noite foi um registro caótico de luzes e álcool. Acordei no dia seguinte sozinho na cama d'*Ele*, que dormia jogado no chão gelado ao meu lado. A cara inchada e vermelha entregava que, não fazia muito tempo, aquele rosto estivera coberto por lágrimas.

Sentei na cama e levei as mãos até as têmporas, a cabeça latejando. Eu peguei o celular e liguei pro Fox. Fui até o banheiro para que *Ele* não escutasse. Com a mão em concha ao redor do alto-falante, perguntei o que tinha acontecido, já que na minha mente havia apenas um vácuo.

— Pô, parceiro, tu não lembra?

— Cara, minha última recordação foi ter saído pra fumar um cigarro.

— Tu não lembra do que você fez, meu mano?

— O quê, Fox?

— Da briga, cara, da briga de vocês dois.

— A gente brigou?

— Não, cara, a gente ia brigar por quê? Tá doidão?

— Não, Fox. Não eu e você. Eu e meu namorado, porra.

— Ahhhhh, pô! Não sei o que rolou, mas você deixou o moleque chorando e tal... saca? Depois que tu ficou perguntando para as amigas aquelas paradas...

— Para as amigas dele? Mas o que eu ia querer conversar com elas, Fox?

— Porra, tu apagou? Não lembra de nada?

— Acabei de falar que não! Eu não lembro!

— Mano, tu voltou do fumódromo doidão, perguntando pra geral se vocês combinavam como casal e tal, se ele era tão bonito quanto você e por aí ... pô, não caiu muito bem, não. A situação, saca?

— Eu perguntei isso para as amigas dele?

— Pra elas também. Na real, tu perguntou isso pra todo mundo, meu mano. Até o fim da noite ficou perturbando com isso pra caralho. E ele tava lá, na tua frente, saca, vendo tudo de cara amarrada.

Desliguei o telefone.

Respirando com dificuldade, dei um chute na parede. Machucou meu dedo estremeceu e fiquei pulando em um pé só, reprimindo os xingamentos que eu gostaria de poder gritar.

Enzo entrara na minha cabeça. Aquela conversinha do almoço virou uma chave em mim. Olhando no espelho, eu quase podia ver o rosto pálido de Valentina na minha frente. Com o indicador, percorri os traços do meu rosto branco, tão parecidos com os dela.

69

Quando voltei para o quarto, *Ele* já estava acordado, mas ainda estava no chão, encarando o teto com os olhos inchados. Me joguei ao seu lado e beijei sua boca de bafo. Eu respirei fundo, reunindo a coragem para fazer o mínimo, fazer o que deveria ter feito no início. Eu segurei a sua mão e olhei fundo em seus olhos.

— Eu quero que você conheça a Valentina. Eu quero que você conheça a sua sogra.

Se a janela dormiu aberta
Não fui eu quem esqueceu
Você não me viu chorando
Veio a chuva, nosso amor morreu

"Foi você, fui eu" — Elza Soares e Liniker

Quando voltei para casa, Flávio não estava lá mas parte de seu ranço entranhara na pele de Valentina. Em pouco tempo, o brutamontes fora capaz de fazê-la acreditar que desempenhar o papel de mãe significava questionar o filho sobre onde tinha passado o sábado.

— Você não pode sumir sem dar satisfação, Tiago. Nesses lugares que você frequenta rola de tudo, de tudo mesmo. Você acha que eu não sei? Não quero você sujeito à promiscuidade, drogas, doenças venéreas...

Já que ela decidira falar, eu fiz o mesmo, interrompendo o monólogo reacionário

— Valentina, eu estou namorando.

— Namorando? Mas... mas e o Enzo?

Durante os primeiros minutos, Valentina discorreu sobre como ainda tinha esperanças de que eu voltasse com Enzo, como ele era um menino de ouro, com um futuro brilhante e tudo o mais. Então, em um surto de interesse sobre minha vida e as pessoas que nela habitam, quis ver uma foto do meu novo namorado. Eu hesitei.

— Qual o problema? Você não vai me apresentar a ele?

Mas ao invés de pegar o celular e mostrar uma foto nossa, fiz a pergunta que já não tinha mais como evitar.

— Não seria melhor ele vir aqui em casa? Podemos fazer um jantar...

Valentina desviou o olhar para parede, encarando a infiltração, como se as marcas fossem responder por ela. Eu continuei:

— Eu conheci o seu namorado, por que você não pode conhecer o meu?

Enrubescida, ela assentiu, mas com a condição de que Flávio também estivesse presente.

— Não. Mas é claro que você não pode convidar o Flávio!

Já seria aterrorizante apresentar meu namorado negro para uma mãe racista, imagina se tivesse que encarar, além do mais, um homofóbico?! O plot do filme *Corra!* pareceria tão aterrorizante quanto o Baby Shark, frente ao que esperaria por *Ele* na minha casa.

— Se for para chamar o Flávio, vamos aproveitar e convidar o Otaviano e a Monique, um jantar feliz em família, certeza que eles adorariam... aproveitar que agora você conseguiu um macho para te trazer de volta à vida.

Eu ouvi o som antes de sentir o impacto. A mão direita de Valentina voou até o meu rosto, a bofetada acertando a bochecha.

Levei os dedos até o lugar em que fora atingido. A pele estava quente. Percebi que as lágrimas escorriam quando chegaram até os lábios. Eu as lambi, salgadas.

Com os olhos arregalados e a mente em branco, fui para o quarto e deitei na cama. Não tirei a mão do rosto, tateando a vermelhidão até que a quentura se dissipasse. Alguns minutos se passaram até que houvesse uma batida na porta. Do lado de fora, ela falou com a voz falhando.

— Quarta-feira às seis da tarde. Eu vou cozinhar.

Não consegui dormir naquela noite. Sob meu corpo, o colchão havia se transformado em uma ilha, o lençol empapado de suor. Nem a dor de arrancar dos fios me trouxe a tranquilidade de outrora.

Eu me levantei. Precisava fazer algo para dissipar aquela energia que me fazia transpirar. Com a lanterna do celular iluminando o caminho, fui até a cozinha.

Limpei fogão, pia e geladeira. Organizei a louça, os potes plásticos e desengordurei os azulejos. Quando o dia clareou, passei o café, cortei um melão em cubos, os depositei sobre uma bandeja e fui até o quarto dela. Dei uma batidinha na porta, e ela disse que eu entrasse. Estava acordada, enrolada nas cobertas, o controle na mão.

— Seu café da manhã.

Valentina não olhou para mim, apenas continuou encarando a televisão, pressionando o botão do controle com cada vez mais força, os canais refletindo no vidro da janela atrás de si.

Eu deixei a bandeja e saí dali.

Meu celular tocou, era *Ele*. Respirei fundo, fechei os olhos, curvei o canto da boca em um sorriso e atendi a ligação. No "alô" minha voz tremeu e as lágrimas surgiram nas pálpebras.

Ele reparou que havia algo estranho na minha voz. Perguntou uma única vez se estava tudo bem. Eu disse que sim. *Ele* sabia que eu estava mentindo, até Fox teria percebido.

Eu queria que ele percebesse.

Eu queria que *Ele* tomasse ciência do tapa que ainda ardia na minha cara, queria que perguntasse o que havia acontecido; queria que insistisse para que eu desabafasse, que, pelo menos uma única vez, quisesse realmente saber como eu estava. Eu não aguentava mais fingir para *Ele* e para todos os outros que a minha vida não era um lixo, que aquela merda de cara sem camisa sorrindo na foto do feed do Instagram não passava de uma ilusão.

Mas *Ele* se conformou com o meu "tudo bem".

Como sempre, estava desesperado para narrar as suas próprias lamúrias e reclamar sobre sei lá qual amigo, que tinha feito sei lá qual comentário ofensivo, em sei lá qual aula da faculdade; ignorando todos os problemas entre nós, fingindo não ter agido como um babaca na boate.

Naquela conversa, eu só abri a boca para tocar no assunto do jantar com Valentina.

O jantar... eu não poderia deixá-lo arruinar o que já era decadente por natureza. Tudo precisava dar certo. Afinal, se *Ele* já conseguia, de forma tão natural, performar um namoro perfeito entre nós, não seria difícil se esforçar para se comportar de forma decente na frente de Valentina.

Era o mínimo que poderia fazer.

Ele tinha uma vida perfeita, com duas mães que eram a personificação da maternidade e de tudo que há de bom, enquanto eu esfolava meus dedos limpando a casa, desesperado por um "muito obrigado" de uma mulher que acabara de enfiar a mão na minha cara.

Ele tinha pedido por isso, não tinha? Então pronto, lá estava, a merda do encontro com a sogra.

Durante a semana, eu o ajudei na escolha da roupa e nos comentários que deveria evitar. A quarta-feira chegou e inventei uma desculpa para matar aula e ficar em casa ajudando Valentina com os preparativos.

Ele bateu na porta antes do horário combinado. Valentina ainda estava no banho e não o deixei entrar. Não queria que, aos olhos dela, meu namorado parecesse um desesperado, ansioso pela aprovação da sogra.

Fiquei o enrolando do lado de fora, sobrepujando comentários aleatórios sobre o tempo e a faculdade, chegando ao cúmulo de entregar uma caixa de fósforos para que usasse caso tivesse que ir ao banheiro enquanto estivesse na minha casa. Sim, acender um fósforo dentro de um banheiro pode tirar o cheiro de merda, ou pelo menos assim eu vi no YouTube.

Quando o relógio bateu 18 horas, finalmente entramos.

— Valentina, meu namorado. Meu namorado, Valentina... minha, minha mãe.

Ele estendeu a mão, um sorriso brilhando no rosto.

Ela não encostou nele, fazendo com que a mão preta pairasse no ar. Tudo que Valentina fez foi balançar a cabeça em resposta, falando entre dentes.

— Prazer.

Nos sentamos e sob a mesa minhas mãos tremiam, ansiosas para ir até meu couro cabeludo pois Valentina só abria a boca para provar que era uma personagem saída dos filmes do Jordan Peele, indo de comentários sobre os lábios grossos até a surpresa com o fato d'*Ele* estudar em uma faculdade federal.

Eu só queria que ela calasse a porra da boca.

Na verdade, eu queria que ela percebesse que estava errada; que visse que aquele rapaz estava, sim, à altura do filho dela; que talvez não fosse o que ela esperava, talvez não fosse o Enzo, mas era alguém digno. Eu precisava provar isso, não só para Valentina, mas também para mim mesmo.

Então, comecei a rebater todos os comentários dela com uma observação sobre algum feito dele, discorrendo sobre o seu currículo, desesperado para provar que aquele não era um cara qualquer.

Sentado com o ombro encostado no meu, *Ele* nada falava, mal se movia, nem água bebia.

A cada palavra de Valentina, eu ficava mais inquieto, e quanto mais inquieto, mais eu falava, transformando aquela noite em uma das piores da vida dele, como um dia eu descobriria em uma de suas cartas.

Quando *Ele* foi embora, um peso deixou as minhas costas.

Racionalmente, eu tenho noção do quão puto eu deveria estar com Valentina, por toda a humilhação e constrangimento daquela pouco mais de uma hora que *Ele* passou conosco. Há anos que as mães dele me tratavam como um filho, e o mínimo seria proporcionar um encontro decente com a minha família e não forçá-lo a vivenciar aquele show de horrores.

Mas eu estaria mentindo se dissesse que foi isso que passou pela minha cabeça naquela noite. Naquela noite, o que senti, mais uma vez, foi vergonha.

Por namorar um menino preto, eu me senti um fracassado.

Valentina fez um único comentário sobre meu namorado.

— Você poderia arranjar alguém melhor, como eu fiz na época do seu pai.

And you ain't leaving me behind
I know you won't, 'cause we share common interests
You need me, there ain't no leaving me behind

"Desperado" — Rihanna

Depois do jantar com Valentina, o tempo trouxe para eu e *Ele* nada além de distância. Desculpas para dizer que não poderia encontrá-lo com a mesma frequência de outrora não faltavam, já que eu enfrentava o suplício da entrega da monografia e o consequente processo seletivo para o ingresso direto no mestrado. O dinheiro para sair de casa ainda estava longe de ser uma realidade e, para falar a verdade, eu nem mais me esforçava para juntar.

Eu me acomodara com a mediocridade ao meu redor.

Em algum momento no meio daquilo, eu me formei na faculdade. Média final nove ponto dois; orador da turma; Prêmio Gerson Moura de melhor monografia; aprovado no mestrado de "Estudos de Gênero em uma Perspectiva Pós-Colonial".

Na cerimônia da colação de grau, Otaviano não apareceu. Meu irmão, que recebera o criativo nome de Otaviano Júnior — um minuto de silêncio por essa criança —, foi usado como bode expiatório e recebi alguma desculpa qualquer envolvendo a saúde dele, seguida por um depósito de dois mil reais na minha conta. Aqui vale admitir que, se não fosse por *Ele* e as suas mães, eu não teria conseguido nem esboçar um sorriso naquela que deveria ter sido uma das noites mais importantes da minha vida.

Eram esses pequenos momentos que faziam com que eu não desistisse por completo do relacionamento, apesar de todos os alertas para que eu o fizesse. Assim, ao invés de tomar a decisão saudável de terminar, reproduzíamos o comportamento que, àquela altura, já tinha se tornado de praxe na nossa dinâmica. Eu fazia merda; *Ele* fingia que nada tinha acontecido; eu retribuía com alguma atitude "legal" que, invariavelmente, levava até mais uma merda, e assim por diante.

Foi seguindo esse ciclo que investi dois mil reais, o dinheiro da ausência de Otaviano, em uma festa de aniversário surpresa para *Ele*.

A grana foi bem gasta. Juntar todos os amigos dele em uma celebração em um bar brega de temática Viking me deixou sorrindo de orelha a orelha e varreu da minha mente, de uma vez por todas, a culpa pelo desastroso jantar com Valentina.

Mas bastou essa segurança, a tranquilidade em saber que *Ele* já estava de volta à minha mão, para que eu tornasse a lembrar da voz de Valentina; da voz de Enzo; da minha própria voz e até mesmo daquele garoto na boate, fazendo evocar a mesma questão.

Eu merecia alguém melhor? Eu realmente era bom demais para ele?

Quanto mais espaço eu dava para esses pensamentos, menos paciência eu tinha para *Ele;* menos tempo eu queria passar com *Ele*, que, frente ao meu desprezo, assumia uma postura que só me fazia ficar com mais raiva ainda: quanto mais eu me afastava, mais *Ele* corria atrás.

O aconchego dos seus braços tornou-se sufocante e a sua companhia, tão atraente quanto uma disciplina do mestrado. Eu não sabia mais o que estava fazendo naquele relacionamento, mas também não sabia o que faria sem *Ele*. Incapaz de agir, eu apenas segui em frente, esperando que, magicamente, tudo fosse melhorar.

Tal equilíbrio temporário no namoro, alcançado por uma gambiarra emocional e a festa de dois mil reais, degringolou quando chegou o dia do meu aniversário.

A festa d'*Ele* já tinha me deixado exausto de precisar fingir sorrisos para pessoas que eu desprezava. No meu dia, eu não queria repetir o esforço. É cansativo ser falso.

Mas Fox fazia questão de, todo santo dia, me mandar uma mensagem com uma contagem regressiva.

"Faltam 7 dias para o aniversário do meu melhor amigo gay! (Essa frase não foi problemática, foi?)"

Inconformado com a minha determinação em ignorar o meu próprio aniversário, Fox reservou lugares no meu restaurante favorito. A partir daí a situação virou um desastre tão grande quanto o filme do musical *Cats*.

O problema começou com Valentina, mais uma vez, pedindo que eu convidasse o seu namorado. Sem energia para mais uma briga, eu concordei. Ela deu pulinhos e ligou para Flávio, o celular no viva-voz, querendo compartilhar comigo aquela rara euforia na voz.

— Poxa, bebê, mas você sabe, né...

— O quê, meu amorzinho?

— O pessoal que o teu filho anda, já te falei, né, eles são todos... homossexuais, esquerdistas... nada contra, mas eu não vou me sentir à vontade perto de...

Valentina tirou a ligação do viva-voz. Com as narinas dilatadas e os braços cruzados, fiquei encarando-a, esperando que o repreendesse, que falasse alguma coisa, que me defendesse.

Revirei os olhos, desapontado, mas não surpreso, quando ela ficou em silêncio. Naquela noite, fui dormir arrependido, lembrando de como reclamava na época agora saudosa em o pior que Valentina era ficar choramingando sobre a ausência de Otaviano.

No dia do meu aniversário, ela não estava em casa. Valentina passava a noite no apartamento de Flávio. Era provável que até tivesse esquecido da comemoração. De qualquer forma, seria um sorriso a menos para forçar.

Fox me buscou em casa. Parado na frente do prédio, o filho da mãe largou a mão na buzina, que esganiçou sem parar até que eu entrasse no carro, despertando latidos de cachorro e xingamentos do vizinho.

Ele me abraçou, os braços envolvendo minhas costas com força. Eu engoli o choro. Aquela era provavelmente a única manifestação genuína e recíproca de afeto que eu recebia em muito tempo.

Antes de dar a partida, Fox me entregou uma caixa mal embrulhada. Ele acelerou enquanto eu rasgava o pacote. Na minha mão, sob o papel de presente estraçalhado, um porta-retratos. Na foto emoldurada, nossos sorrisos eram enormes e os canudos com o diploma estavam no alto, um registro do dia de nossa formatura.

Me olhando de relance, Fox tirou uma das mãos do volante e apertou meu ombro.

— Eu sei que as coisas não estão fáceis pra você, meu mano, mas pô, eu te amo... você me ensinou tanto, sabe... o que precisar, estamos aí... real. Feliz aniversário. E coloca o cinto de segurança, rapaz!

Eu chorei.

Eu chorei pelo presente do meu amigo; chorei porque se Fox ou se qualquer outra pessoa realmente soubesse quem eu era e o que se passava na minha cabeça, eu estaria sozinho.

Quando os soluços diminuíram, Fox, a mão ainda sobre o meu ombro, ligou o rádio; conectou o celular e deu play em uma música.

Eu reconheci a batida no mesmo segundo. "Best of Both Worlds", o clássico da Hannah Montana. Fox aumentou o volume, colocando na altura máxima.

— Nossa, agora sim eu tenho um motivo de verdade pra chorar! Desliga essa merda, Fox!

— Hannah Montana é um clássico, meu mano! Tu vai escutar até saber apreciar.

Eu me rendi. Fomos berrando as letras de Miley Cyrus *aka* Hannah Montana até chegarmos no restaurante. Quando saltamos do carro, meu estômago doía de tanto rir.

Mas o riso sumiu assim que eu o vi. Sentado sozinho em uma mesa, um embrulho enorme e disforme na mão e os pés batendo sem parar no chão. Lá estava *Ele*.

Sempre acompanhado e só
Merecia muito mais
De mim mesma

"Hoje eu sei" — Vanessa Da Mata

Fox deu um soquinho no meu ombro.

— Ai! Tá doidão, Fox?

— Mano, até quando tu vai seguir nessa?

— Nessa o quê?

— Nessa relação, pô. Se não quer mais namorar o moleque, deixa ele ir, cara... não tá legal isso aí. Olha tua fuça. — Ele enfiou o celular com a câmera frontal aberta na frente do meu rosto. — Parece que vai encontrar a morte.

Eu abaixei a cabeça, meu amigo estava certo.

Mas ao considerar a possibilidade do término, parado como um idiota na entrada do restaurante, minha mente viajou para outro lugar. Visualizei *Ele* beijando alguém que não eu. E então, na cama com alguém que não eu... sem perceber, comecei a arrancar os fios do cabelo.

Fox empurrou a porta e um sino soou, me despertando do devaneio. O cheiro denso de comida mexicana, outrora tão agradável, me deixou nauseado. Meu estômago embrulhou, e perdi a fome.

82

Ele pulou em mim, quase me derrubando em um abraço. Contei até três e me desenlacei. De mãos dadas, fomos até a mesa reservada, onde *Ele* me entregou o embrulho. Era um globo terrestre que brilhava no escuro.

Eu fechei os olhos, respirei fundo, contando até dez silenciosamente.

— Tá tudo bem, amor meu?

— Aham. Só tô meio enjoado.

Eu abri um sorriso e estalei um selinho nos lábios dele.

— Obrigado. Amei o presente, minha cara.

Que porra de presente era aquele?

Apertando o globo plástico, a vontade que eu tinha era de atirar aquela merda no lixo. Era algo que uma tia daria para um sobrinho que cursa Relações Internacionais, convencida de que ele sabe o nome de todos os países do mundo. Um presente de um colega, de um chefe, de um quase-estranho com dinheiro, não de um namorado que estava comigo há tanto tempo

Valentina chegou logo em seguida. Ela me deu um abraço apertado, sussurrando que o namorado desejara um feliz aniversário. Eu agradeci. Com um abraço cumprimentou o Fox, com um aperto de mão cumprimentou o meu namorado.

Os primeiros pedidos chegaram junto com Enzo. Meu ex estava ainda mais forte, com os músculos evidenciados pela manga apertada da camisa. Valentina se levantou e o agarrou, dando pulinhos e deixando a marca do batom vermelho na bochecha pálida, enquanto berrava que estava morrendo de saudades.

Eu não tive coragem de olhar para *Ele*, apenas senti seu braço desajeitado puxando meu tronco para junto do seu. Mas nem a chegada de Enzo poderia me preparar para o que aconteceu em seguida.

— Feliz aniversário, filhote!

Eu demorei alguns minutos para recuperar as palavras. Na minha frente, com Monique ao lado e meu irmão no colo, Otaviano sorria. Atrás deles, vinha a minha avó Etienete.

Do outro lado da mesa, Fox gritou, enquanto acertava um high-five na mão de meu pai.

— Pô, não tinha como deixar teu coroa de fora, né!

Valentina os encarava boquiaberta, placas vermelhas se formando em seu rosto. Todos, com a exceção de Fox, a observavam, esperando pela explosão.

Um, dois, três.

Nada aconteceu.

Lembrando que minhas pernas ainda existiam, eu me levantei, abracei Monique e minha avó, beijei a testa cabeluda do meu irmão e passei direto por Otaviano, ignorando os parabéns e os braços abertos. Peguei a mão de Valentina, agora vermelha por inteiro, e pedi que ela me acompanhasse até o banheiro.

— Você pode ir embora, ok? Eu não sabia que eles vinham. Tá tudo bem se quiser voltar pra casa.

Com os lábios trêmulos e o indicador em riste, ela enfiou a unha no meu peito.

— Eu não vou dar esse gostinho para essa vagabunda!

Valentina girou nos saltos e voltou para a mesa.

Eu arreganhei a boca, sugando todo o ar que podia. Incapaz de me acalmar, corri para o sanitário, me tranquei em uma cabine, agarrei meus cabelos, pressionei a descarga e gritei até que me faltasse o ar. Então, voltei para a mesa.

— E aí, já se decidiram? Tô com uma fome de matar! Vocês vão amar esse lugar. É o meu restaurante favorito!

Não me dirigi ao meu pai e nem a Valentina pelo resto da noite. Passei o tempo todo conversando com Fox, que se divertia fazendo cócegas na barriga de Otaviano Junior e Monique, que, com suas tranças roxas, era, de longe, a pessoa mais interessante na mesa, contando sobre seu cotidiano como advogada de celebridades.

No lado oposto, Valentina alugava Enzo, perguntando sobre o seu pai embaixador e o emprego que arranjara em uma multinacional, não perdendo a oportunidade de destilar um veneno sobre a minha escolha de cursar mestrado na área de estudos de gênero.

Mas nem Enzo a aguentou. Logo inventou uma desculpa para ir embora. Tendo cumprido seu objetivo ali, ou seja, exibir seus novos músculos e se gabar do novo emprego, deixou-a frente a frente com o ex-marido.

O celular de Valentina tocou. Eu reparei que a câmera estava tapada com um adesivo.

— Para que esse adesivo, Valentina?

— Flavinho quem deu a ideia. Sabe que os russos andam nos espionando com essas câmeras de smartphone? Inclusive, olha, é ele quem está ligando. — Ela levou o celular até a orelha. — Oi, amor da minha vida!

Valentina fazia questão de falar alto, usando todas as variações possíveis de "namorado" para se dirigir ao Flávio, enquanto encarava meu pai.

Monique ignorava as afrontas. Arrisco dizer que até se divertia, pressionando os lábios para evitar gargalhar do patético da situação. Apesar de mais nova, portava na coluna ereta a confiança daqueles que não precisam provar nada para ninguém. A elegante recusa silenciosa em engajar em um barraco só deixava Valentina mais vermelha e berrando cada vez mais alto no telefone.

No meio do mar de pólvora, eu esqueci do meu namorado. Eu só me toquei que *Ele* ainda estava ali quando tive que me levantar para que *Ele* fosse até o banheiro.

Pedimos a conta. Otaviano pagou tudo. Antes de ir, me entregou um envelope. Eu abri e encontrei notas azuis. Eu devolvi. Ele insistiu. Eu neguei.

— Aceita, filhote, vinte anos é uma idade importante.

— Vinte e três. Eu tô fazendo vinte e três anos, Otaviano.

Incapaz de seguir sustentando meu olhar, ele escondeu o envelope no bolso da calça e, com sua família, se foi.

Infelizmente, a noite ainda não tinha acabado. Saltitante, *Ele* voltava do banheiro.

— Quer ir lá pra casa, amor meu? Ágatha acabou de me passar o link para o novo show da Taylor Swift! Podemos assistir juntos!

Engoli em seco.

— Não, amor, obrigado.

No dia seguinte, acordei tapando os ouvidos. O barulho de mesas arrastadas e uma voz familiar me impediam de voltar a dormir.

Abri a porta do quarto e, com os olhos semicerrados e cheios de remela, testemunhei Flávio entrando e saindo pela porta escancarada da sala, carregando caixas de papelão empilhadas.

Atrás de mim, Valentina repousou os dedos sobre as minhas costas, uma taça de vinho na outra mão.

— Tiago, vai ajudar o Flavinho.

— O que é isso?

— Mudança. Flávio vai morar com a gente.

> *Everybody loves a winner*
> *So nobody loves me*
> *'Lady Peaceful', 'Lady Happy',*
> *That's what I long to be*
>
> "Maybe This Time" — Lizza Minneli

O mundo desabava sobre a minha cabeça, literal e figurativamente.

Caía um temporal quando eu deixei a sala do grupo do mestrado. Na minha mão estava o livro da Lilia Moritz Schwarcz, que eu havia pegado emprestado na biblioteca. A obra seria fundamental para que eu terminasse um artigo. O prazo para submeter o trabalho em um importante seminário era para o dia seguinte. Sem espaço na mochila, eu o atochei sob a camisa e corri pela chuva até o ponto do ônibus.

O Rio de Janeiro não foi feito para tempestades.

Em pé no ônibus lotado e com as meias encharcadas, tentava equilibrar a mochila e o livro. O trajeto que deveria ser feito em quarenta e cinco minutos já beirava as duas horas.

Meu celular tocou, era *Ele,* não atendi.

O ônibus parou de se mover. Os passageiros se apertaram contra a janela do veículo, tentando vislumbrar o que acontecia do lado de fora, onde um mar turvo cobria a Praça da Bandeira.

O bairro da Tijuca estava completamente alagado. O motorista levantou do seu assento e bateu palmas, chamando nossa atenção.

— O rio Maracanã transbordou com esse temporal, meus consagrados. A gente só deve conseguir sair daqui amanhã. Ao menos que algum Michael Phelps com a vacinação em dia queira se arriscar.

Ele abriu a porta traseira do ônibus. Duas mulheres com roupa de academia desceram. A água marrom chegava até os seus joelhos. Mesmo com porte de crossfiteiras, precisaram fazer força para seguir meio à correnteza. Ao redor delas, sacos, latas de lixo e garrafas pet boiavam. O que estava sob a água, era impossível dizer. Tudo estava marrom.

Eu liguei para Valentina, mas foi Flávio quem atendeu.

— Cadê a Valentina?

— Sua mãe. Isso não é jeito de falar dela.

— Esse é o nome com o qual ela foi batizada, Flávio.

— Repete a pergunta.

— Oi?

— Repete a pergunta, dessa vez chamando ela de mãe. Bora, rapaz!

— Cadê a Valentina?

Ele desligou na minha cara.

Nas minhas costas, a mochila molhada pesava. Meu artigo sobre interseccionalidade entre gênero e raça ainda estava pela metade. Eu não podia me dar ao luxo de esperar ali até sei lá que horas e colecionar mais aquele item na minha lista de fracassos.

Eu enfiei o celular dentro da cueca, tirei os sapatos e as meias e puxei a barra da calça até a altura do joelho. Com o livro da biblioteca em uma mão e o calçado na outra, me aventurei na enchente.

Me arrependi no segundo que os pés descalços encontraram o asfalto. A água chegava até as minhas coxas e a cada passo me cobria mais um pouco. Conforme eu avançava, objetos disformes se embolavam no meu tornozelo. Eu torcia para serem sacos plásticos, tentando não pensar em merda, barata e ratos.

Mais à frente, encontrei uma tampa de bueiro perdida sendo carregada.

Quando a água alcançou a cintura, tirei o celular da cueca e o prendi na boca. Incapaz de segurar o livro e o par de tênis na mesma mão, acabei deixando o segundo cair. Sentados no muro da escola, alunos do colégio técnico CEFET riam da desgraça, se divertindo no meio do apocalipse. Com a mão livre do tênis deixado para trás, tirei o smartphone da boca. A tela trincara com a força dos meus dentes.

A luz só vinha quando o céu relampejava. Depois de meia hora chafurdado na merda, calculei que já estaria, no máximo, a quinze minutos do meu prédio na rua General Canabarro. Mas os quinze minutos viraram trinta e esses trinta viraram cinquenta. Os passos tornavam-se cada vez mais difíceis de serem dados, e o medo de ser arrastado ou cair dentro de um bueiro já eram maiores que o meu ódio pelo Flávio.

Um caminhão de lixo cortou a multidão de carros parados e desbravou o mar marrom, passando ao meu lado. Ondas se formaram no híbrido urbano de mar e esgoto. Eu me estiquei para que a água não atingisse o rosto mas perdi o equilíbrio, deixando o livro *O espetáculo das raças* cair.

Cheguei em casa uma hora depois, sem o exemplar da biblioteca, sem meu par de tênis, com o celular rachado, tremendo de frio e com fluidos escuros escorrendo pela minha pele.

Eu corri para o banheiro e empurrei a porta. Estava trancada. Era o que me faltava.

Vinda lá de dentro, a voz de Flávio cantarolava uma música genérica de rock nacional. Eu esmurrei a porta, o que só o fez cantar mais alto. Tendo ouvido o barulho, Valentina saiu do quarto, me cobriu com uma toalha e começou a perguntar onde eu estava e por que não ligara para avisar.

— Ele não disse que eu liguei?

Eu tinha esgoto demais no corpo para reclamar do Flávio.

— Só pede pra ele se apressar. Eu vou acabar pegando uma leptospirose, minha cueca tá cheia de mijo de rato.

Ela olhou para baixo, com medo de bater na porta do banheiro da própria casa.

— Ele está fingindo que não me escuta. Por favor, Valentina, eu preciso de um banho, eu vou ficar doente e ainda tenho trabalho pra terminar!

Com os nós dos dedos, ela deu uma única batida na porta.

— Flavinho?

— Que foi, minha vidinha?

— É que... o Tiago, chegou e ele pegou chuva, tá todo molhado... estava precisando usar o banheiro...

O som do chuveiro cessou. Um minuto depois, Flávio saiu molhado, a toalha amarrada na cintura, o peito desnudo estufado como um pombo e as sobrancelhas franzidas quase se encontrando.

— Vai lá, filhinho da mamãe, mimadinho que não pode esperar. — Então, em um tom quase sussurrado para Valentina não ouvir, continuou: — Viado escroto.

Eu bati a porta com a força que ainda me restava. Então arranquei a roupa, liguei o chuveiro e sentei no chão de azulejo.

Abracei os joelhos, encaixei a cabeça no vão entre os meus braços e adormeci.

Quando acordei, tudo ao meu redor era vapor e minhas costas queimava com a porrada incessante da água quente. Ainda assim, a minha vontade era de continuar jogado naquele boxe quente para sempre, mas o artigo ainda me esperava.

Saí do banheiro e olhei pela janela, a tempestade do lado de fora continuava. O céu estava escuro. Resignado, entrei no meu quarto escuro e apertei o interruptor. Nada aconteceu. Apertei mais vezes. A luz não acendia, tudo continuava na mesma. Com os olhos cerrados, olhei para o alto. No bocal onde outrora havia uma lâmpada, restava apenas um buraco.

Eu escancarei a porta do quarto de Valentina, fingindo não ver que ela estava com a língua enfiada na boca do Flávio.

— Que abuso é esse, moleque?

— Cala a boca que eu não estou falando com você. Valentina, o que aconteceu com a lâmpada do meu quarto?

— Tu tá maluco, rapaz? — Valentina apertou a mão de Flávio.

— Flávio precisou dela hoje pela manhã, a do escritório dele tinha queimado.

— Sério que não tem dois dias que ele chegou e já tá levando as nossas coisas?! Que avanço, hein, Valentina.

— Mulher, você vai deixar ele falar assim comigo?

Eu me retirei do quarto para não dar na cara do Flávio e tentei ignorar os berros da discussão que eu iniciara. Respirei fundo e arrastei minha mesa e meu computador para a cozinha, fazendo questão de arranhar o piso no processo.

Eram duas horas da manhã quando comecei a digitar. O sol já tinha raiado quando concluí a última referência bibliográfica.

Desesperado para entregar o trabalho nos minutos finais da data limite, abri o site do seminário de "Questões Raciais em uma Perspectiva Pós-Construtivista" apenas para me deparar com um aviso de "inscrições encerradas". O prazo vencera na semana anterior. Eu havia confundido as datas. Todo aquele esforço havia servido para absolutamente nada.

Os dias que se seguiram fizeram aquele parecer um clipe da Katy Perry.

Flávio era cada vez mais o dono da casa toda, largando as roupas pelo chão, levando amigos do escritório de contabilidade para jogar cartas e usando Valentina como funcionária, já que ele se recusava a se alimentar da comida que eu fazia.

Os comentários homofóbicos e machistas estavam cada vez mais estridentes. Eu nem mais ficava decepcionado com a omissão de Valentina. Àquela altura, eu já não esperava nada dela. Flávio mandava e Valentina obedecia.

Frente ao inferno na Terra que minha casa se tornara, busquei refúgio na casa d'*Ele*, e, na semana após o meu aniversário, eu ia até o meu namorado basicamente para:

1. Fugir de Flávio e Valentina
2. Foder
3. Brigar

Quando eu estava dentro dele ou *Ele* dentro de mim, eram os únicos momentos em que não pensava na confusão que era minha vida. Eu não mais transava porque eu gostava, eu transava porque eu estava deprimido.

Mas a paz entre nós durava só até o gozo.

Oito dias após o meu aniversário; oito dias de inferno convivendo com Flávio, tivemos uma das nossas maiores brigas, quando

Ele teve a pachorra de vir me contar que estava planejando um intercâmbio na África do Sul.

Aquilo foi demais para mim.

Eu seguia dependente do dinheiro de Otaviano e de uma bolsa do mestrado, que praticamente sumia com as despesas da casa. Valentina não trabalhava e o parasita do Flávio, apesar do emprego, em nada colaborava. Eu enfrentava a via crúcis e *Ele*, que não se esforçava para nada, era recompensado pelo universo com um intercâmbio.

Eu falei coisas horríveis naquela briga. Berrei que *Ele* não era merecedor, que não era capaz e que não estava preparado. Depois de bostejar pela boca, provavelmente regurgitando o chorume que minha pele havia absorvido na enchente, fui para casa prometendo a mim mesmo que nunca mais voltaria para aquele menino mimado e que vivia no mundo da fantasia.

Horas depois, eu estava com o celular na mão ligando para *Ele*.

Mas, naquela noite, *Ele* não atendeu. Liguei outra vez, fora de área. Horas depois, outra tentativa e nada.

Eu não dormi, pensando onde *Ele* estaria e no porquê de não ter atendido. Será que daquela vez havíamos ido longe demais? Na minha cabeça, o silêncio não fazia sentido. Brigas tão ruins como aquela já tinham virado rotina e *Ele* sempre estava lá no dia seguinte; na hora seguinte, sorrindo como se nada tivesse acontecido.

Outra lembrança me assaltou. Na última vez que um sumiço dele acontecera, antes mesmo de começarmos a namorar, naquele Dia dos Pais na casa de Etienete, *Ele* estava com outro.

Eu deveria saber que se repetiria; que enquanto eu me revirava na cama arrancando fios de cabelo, *Ele* estava me traindo, como eu viria a descobrir anos depois, em uma das suas cartas, a que mais me machucou.

Ainda sem ter certeza de nada, no dia seguinte, saí de casa. Não tomei café, peguei apenas um pote de Nutella e bati no apartamento dele, repassando na cabeça um discurso de desculpas.

A porta abriu no mesmo segundo da batida. *Ele* me envolveu em um abraço. Fui pego de surpresa quando, em seguida, *Ele* me olhou e me deu um beijo na boca demorado. Excitado e ainda sentindo os efeitos do desequilíbrio emocional, eu levei a mão até o seu pau. O pau estava mole. Eu beijei mais forte, *Ele* afastou minha mão.

— Não... tô me sentindo mal.

— Você acabou de me dar um beijo que diz "quero transar".

— Foi um beijo de desculpas.

— Desculpas pelo quê?

Ele não me respondeu.

Os dias passaram e a gente não se beijava, a gente não transava, a gente sequer conversava. Eu só ia na casa dele porque, na minha, algo ainda pior me esperava. E assim os dias se seguiram até o momento em que encontrei, na lixeira do banheiro da suíte dele, um maldito frasco de remédios.

Depois de ser rejeitado na cama pela enésima vez, eu havia me trancado lá para não começar uma briga. Nervoso, acertei um bico na lixeira. O objeto caiu no chão, derrubando toda a porcaria que continha. Um saco preto com alguma coisa pesada rolou para longe.

Eu abri a sacola. Lá encontrei dois grandes frascos plásticos vazios. Enrolado neles, partes de um documento que havia sido rasgado ao meio. O nome d'*Ele* ainda estava legível no papel, junto às informações sobre PEP, a profilaxia pós-exposição, um coquetel de remédios que, se ingeridos em até 72 horas após a exposição ao sêmen com carga viral ou com carga viral desconhecida, o impediriam de contrair o vírus do HIV.

Eu fiquei sentado ali, no meio do lixo, o recipiente na mão, tentando digerir o que aquele remédio significava.

Eu limpei o chão, colocando os potes de volta no meio do monte de papel higiênico. Saí do banheiro e o encontrei sentado na sala, falando ao telefone com as mães que viajavam. Eu esperei até que *Ele* terminasse a ligação.

— Eu preciso ir pra casa. Você quer me falar alguma coisa?

— Não! Quer dizer, sim. Não esquece de me mandar o número do seu cartão, abre hoje a pré-venda do show da Demi Lovato e eu só consigo com a sua bandeira. Daí eu transfiro a grana ainda hoje. Tá bem, amor meu?

— Tá bem.

Eu fui andando para casa. Não sei quanto tempo durou a caminhada mas, quando cheguei ao meu prédio, eu pingava como se tivesse mais uma vez estado submerso em água.

Eu acabara de descobrir a traição, mas estava anestesiado. Não sentia raiva, não queria chorar, não queria bater, não queria arrancar os cabelos ou chutar latas de lixo. Era como se todos os sentimentos tivessem sido arrancados. Eu me sentia incapaz de sentir.

Eu estava tão anestesiado, que não identifiquei que o barulho da louça se quebrando e os berros masculinos vinham do apartamento. Eu só entendi o que estava acontecendo quando abri a porta e dei de cara com Flávio indo para cima de Valentina.

Preste atenção, o mundo é um moinho
Vai triturar teus sonhos, tão mesquinho
Vai reduzir as ilusões a pó

"O mundo é um moinho" — Cartola

Valentina estava encolhida no canto da sala, tremendo dos pés à cabeça. Diante dela, Flávio gritava e quebrava coisas. Louça, cadeira, livros, tudo que estava ao alcance do homem era arremessado pelo cômodo.

Eu corri em sua direção, jogando o meu peso contra ele, fazendo com que Flávio tombasse. Eu subi sobre o seu corpo no chão, pressionando meus joelhos contra a sua costela e acertando um soco no nariz. Com o punho cerrado e sujo pelo sangue dele, eu acertei outro golpe e então outro, tirando vantagem da inércia causada pela surpresa da minha chegada.

Mas o brutamontes conseguiu segurar meu pulso.

Flávio torceu meu braço, me empurrando para longe e eu me estatelei no chão. No segundo seguinte, o punho peludo acertava a minha bochecha e minha boca se encheu de sangue.

— Viadinho, mimado de merda, eu vou acabar com a tua raça!

Eu fechei os olhos, preparado para o segundo choque.

— Sai de cima do meu filho!

Flávio urrou.

Valentina havia se colocado de pé. Em sua mão, a tesoura dourada que usava para cortar cabelos. Nas costas de Flávio, um rasgo superficial começava a tingir-se de vermelho. O homem levou o dedo indicador até o corte e, vendo o sangue, gritou, se afastando de mim. Valentina ainda apontava a ponta da tesoura para ele, segurando o objeto como uma arma de fogo.

Saliva era cuspida junto com as suas palavras.

— Sai da minha casa agora, tá ouvindo?! Agora, ou então eu te mato! Levanta a mão pra mim e pro meu filho de novo que eu te mato.

Segurando nos joelhos, fiquei de pé e parei ao lado dela. Ainda gritando que éramos dois loucos e com a mão sobre o corte, Flávio saiu de nossa casa.

A porta bateu e Valentina caiu no chão, ajoelhada. No meio da bagunça, ela chorou. Eu me agachei na sua frente e a abracei, e ela apoiou a cabeça no meu ombro. Ficamos um tempo apenas escutando os soluços dela, até que Valentina respirou fundo e falou:

— Isso não teria acontecido se o seu pai ainda estivesse aqui. Tudo era muito melhor com o seu pai.

Eu me afastei. Fui para o quarto, peguei uma mochila, enfiando nela algumas mudas de roupas. Voltei para a sala, e Valentina ainda estava no mesmo lugar. Ela ergueu a cabeça, me encarando, e perguntou.

— Para onde você vai?

Eu bati a porta do apartamento, sabendo somente para onde eu não iria.

97

We'd always go into it blindly
I needed to lose you to find me
This dancing was killing me softly
I needed to hate you to love me

"Lose You To Love Me" — Selena Gomez

Não tinha sombra na rua. Os guarda-chuvas que na semana anterior protegiam contra a tempestade, agora cobriam cabeças contra o sol. A maçã do meu rosto latejava com o impacto do soco de Flávio, agora brilhando em tons de roxo.

Eu suava em bicas, caminhando a esmo pela Avenida Maracanã com a mão esquerda agarrada na alça da mochila e a direita sustentando o celular no ouvido. A tela do aparelho, molhada pelo suor, exigia que eu pressionasse os números do telefone de Fox com cada vez mais força. O esforço foi em vão, o celular dele estava desligado.

Eu me larguei no meio-fio. A quentura do asfalto era tamanha ao ponto de ultrapassar o jeans da bermuda e queimar a pele fina da minha bunda. A inércia das horas anteriores havia se transformado em ódio e dor. Eu queria descer a porrada na próxima pessoa que falasse comigo.

Sentado no asfalto de uma das principais avenidas do Rio de Janeiro, esquecido no meio de uma multidão a caminho dos próprios compromissos, eu agarrei com as duas mãos os meus cachos, abaixei a cabeça e gritei. Gritei puxando meus fios como se eu mesmo fosse me escalpelar.

A traição do meu namorado, o mestrado já quase abandonado, a agressão do Flávio, a dor no rosto, o calor, o suor, a impotência de Valentina, a falta de perspectiva para o futuro... tudo passava pela minha cabeça. Eu queria fugir, sumir, bater a cabeça e acordar em outro mundo, de preferência, um onde eu pudesse ser tão alienado e inconsequente quanto o habitado por aquele que eu ainda chamava de namorado.

O chumaço de cabelo loiro ficou grudado pelo suor na palma da mão.

Meu celular vibrou. Era uma notificação no grupo da família. Etienete compartilhava uma corrente qualquer sobre o governo estar cooptando recém-nascidos para uma seita satânica.

Eu esfreguei as mãos na calça e levantei.

Quarenta minutos depois, eu apertava a campainha do apartamento em Copacabana.

— Tiago, meu filho, que surpresa boa.

Os olhos bexiguentos fitaram o roxo no meu rosto. Eu esperei por uma pergunta que não veio, Etienete apenas me abraçou. Então pegou a minha mão e caminhou comigo até o banheiro. Ela foi até o boxe, ligou o chuveiro e passou um tempo com o braço estendido sob a água que escorria.

— Tem que esperar a água quente descer, só depois vai ficar fresquinha.

Quando a temperatura chegou no ponto do "fresquinho", ela me deu um beijo na testa e fechou a porta.

Saindo do banho, encontrei uma mesa posta. O cheiro e a visão do prato colorido me lembraram que eu não comia havia

99

muito tempo. Cinco minutos depois, só havia restos. Com a barriga estufada, soltei um bocejo, larguei o corpo no encosto da cadeira, estiquei meu braço e estalei as juntas do dedo.

— Tira um soninho no quarto do seu pai.

Abri a porta, sendo recebido pelo ar-condicionado. Etienete ligara o aparelho enquanto eu estava no banho. Eu caí na cama onde, na minha idade, Otaviano dormia, e apaguei.

Eu não sonhei com nada.

Uma língua áspera despejou saliva pelo meu rosto. Abri os olhos para encontrar um buldogue francês sobre a cama. Ofegante, o animal se jogava em mim. Atordoado, arrastei meus dedos sobre a cabeça dele, fazendo carinho.

— Tiradentes, seu abusado! Deixa o menino dormir.

Parada na porta do quarto estava uma senhora negra com uma peruca lace azul cacheada. Entendi que ela era dona do cachorro e que Tiradentes era o nome da criaturinha babenta quando o animal deu um salto da cama e, abanando o cotoco de rabo, correu até a senhora estilosa.

Etienete surgiu logo atrás.

— Já tava na hora de acordar, hein, Ti, são seis da tarde! Esqueci de avisar, hoje é dia de jogatina, partida de buraco a noite toda. Se você quiser participar, cairia bem uma mãozinha extra.

— A mãe de Tiradentes levantou os braços em comemoração e bateu uma palma.

— Sangue fresco é sempre bom! Vem ser meu parceiro que estou precisando dessa energia da juventude, né, Tiradentes?

Esfregando a remela para fora dos olhos, eu as segui.

Você já se perguntou o que todas as senhoras de idade do Rio de Janeiro fizeram quando os bingos foram fechados? Muito bem, eu vou te dar a resposta: elas se enfurnaram no apartamento da minha avó. A outrora ampla sala de Etienete transmutara-se em uma versão de um cassino de Las Vegas exclusivo para maiores de setenta anos.

Espalhadas em quatro mesas, senhorinhas de Copacabana competiam no buraco. As cartas agarradas nas mãos jaziam o mais próximo possível dos seios, afinal, nunca se sabe quando alguém vai tentar roubar. Potinhos de amendoim, cerveja e baforadas de cigarro completavam o cenário.

Etienete foi me puxando pela mão até um lugar vazio. A senhora de peruca azul sentou-se na minha frente, e minha avó, de frente para uma senhorinha corcunda com um tapa-olho.

— Vai ser Ti e Loreta contra eu e a cegueta. Vamos comer o cu de vocês!

— Vó?!

— Nem começa, que de falso puritano já basta seu pai.

Etienete puxou um cigarro do maço de Marlboro ao seu lado e começou a dar as cartas.

— Não sabia que você fumava, dona Etienete Magalhães.

— Deve ser porque você nunca reparou e também nunca perguntou, seu Tiago Fonseca.

Etienete empurrou um bolinho de onze cartas para cada um e a partida começou. De soslaio, eu olhava para ela. Durante todos aqueles anos, eu sempre imaginara Etienete como a vovó de um conto de fadas. Perfeita, meio senil e vivendo para cozinhar. Aquela pessoa decidida, amiga de mulheres que tinham cabelo azul e tapa-olho e empoderada pela nicotina, parecia outra criatura.

Loreta, a minha parceira, arremessou uns amendoins na boca, virou o copo de cerveja até a última gota e estalou os lábios.

— Temos que fazer uma aposta! Buraco sem aposta não tem graça.

— Nem vem, ô viciada. Na última vez a cegueta aqui me roubou cinquenta reais.

— Eu aposto a minha calcinha.

— Velha assanhada, pra que eu vou querer sua calcinha?

— Ué, pra fazer simpatia! Vai ver você consegue um pão que nem os que me visitam lá em casa. Essa calcinha aqui é das boas, dá sorte viu. Cheirinho da loló!

As três mulheres ao meu redor gargalharam e eu não consegui segurar o riso, me unindo a elas.

A partida seguiu com gritaria, acusações constantes de trapaça e comentários obscenos. Mas mesmo com toda aquela agitação, a frase dita pela minha avó continuava martelando a minha cabeça.

Deve ser porque você nunca reparou.

O que mais eu havia deixado passar? Eu via minha avó uma meia dúzia de vezes por ano fazia mais de vinte anos, e, mesmo assim, fui capaz de pintar uma imagem que era muito diferente daquilo que eu estava testemunhando.

Será que não estaria olhando direito para os outros, ou será que eu simplesmente não queria olhar?

Depois do rodízio de parceiras e várias partidas, as amigas de Etienete se foram. Antes de Loreta ir embora, fiquei fazendo carinho na barriga mole de Tiradentes, encarando a alegria genuína que brilhava nos olhos do animal.

Eu me sentia mais desperto que nunca e a energia me forçava a pensar nos demônios dos quais eu fugia.

— Me ajuda a arrumar as mesas?

A voz de minha avó me arrancou daquele transe e, ao lado dela, andei de um lado para o outro da sala, juntando garrafas de cerveja e potes plásticos. Com tudo recolhido, eu me prostrei na frente da pia, abri a torneira e comecei a lavar a louça. Etienete parou ao meu lado. Eu lavava e ela secava.

— Vai me contar o que aconteceu para você aparecer aqui, Tiago?

— Eu não posso visitar a minha avó?

— Você quer enganar quem, rapaz? Sou velha, mas não sou burra. Toma, lava isso de novo que ainda está engordurado. — Etienete me devolveu um prato, eu abaixei e peguei uma nova bucha. — Eu sei que o senhorzinho gosta de mim, mas você só vem aqui quando é obrigação. Nem me telefona pra saber se eu tô viva! No seu aniversário você mal olhou na minha cara. Acho que mereço uma explicação, não?

Eu devolvi o prato, agora limpo, para ela. Meu estômago revirou, e olhei para os meus dedos que começavam a enrugar pelo contato com a água. Ainda encarando as rugas, eu falei.

— Eu briguei com Valentina… — Minha voz travou. Eu sentia que se eu falasse mais alguma palavra iria cair no choro, e foi o que aconteceu — … eu não aguento mais, eu não aguento mais aquela mulher. Ela é louca, preconceituosa, só pensa em si mesma, nunca se importou comigo, nunca, desde que meu pai saiu de casa ela só sabe viver do passado.

As mãos sujas de sabão de Etienete me envolveram e ela me abraçou, me acolhendo entre seus braços. Nos sentamos e ela levantou a minha cabeça com o dedo.

— Ti, meu filho, você e sua mãe precisam conversar.

— É impossível conversar com ela.

— Você já tentou? Ai, faz massagem no pé da vó, os joanetes tão acabando com a velha. — Etienete jogou a perna no meu colo e eu comecei a massageá-la.

— Não, mas…

— Então pronto.

— Ela é doente. É uma racista amargurada que depende de homem para ser feliz. Desde que meu pai a trocou pela Monique, ela só repete que a vida não vale a pena.

Etienete ficou em silêncio, o corpo tenso. Ela abriu a boca e encarou o teto, buscando palavras.

— Você sabe que não foi isso que aconteceu, não é?

— O quê? Otaviano não traiu Valentina?

— Não, é óbvio que seu pai traiu sua mãe. Deus me perdoe, mas seu pai não vale a roupa que veste. Mas Monique nunca foi amante dele. Força, menino! — Eu pressionei ainda mais o dedão do pé de minha avó. — O que eu quero dizer é que você não precisa ser igual, Tiago. Você não vai ser igual a ele e também não vai ser igual a ela. Você é diferente, meu filho… você é bom.

— As pessoas acham que eu sou bom. Se você soubesse as coisas que eu penso, as coisas que eu sinto...

— As pessoas acham que você é bom pelos motivos errados. Eu acho pelo certo. Aí, isso aí, aí mesmo, tá pegando o jeito! — Eu continuava apertando os calos no pé de Etienete. — E se você não está gostando de quem é, pode tentar mudar. Não é assim que funciona a vida?

Etienete tirou os pés do meu colo e escondeu um bocejo com as costas da mão.

— Eu já não tenho idade pra ficar na jogatina até tarde.

— Vó, espera. Se meu pai não saiu de casa por causa da Monique, foi por qual motivo?

Etienete suspirou, e foi como se toda a jovialidade trazida pelas partidas de buraco tivesse ido embora com o ar que saía dos seus pulmões.

— Sua mãe sempre soube das traições, e Monique não foi uma amante. Não sei por que Valentina a persegue tanto. Mas, enfim, não foi por isso que eles se separaram. Foi por causa de algo mais... complicado. Não cabe a mim ter essa conversa, mas, sim, a ela. Vocês dois precisam conversar, Tiago.

— Vó, se você sabe de alguma coisa... — Ela se apoiou no braço do sofá e ficou de pé.

— Preciso descansar, meu filho. Boa noite.

Etienete apagou as luzes e eu fiquei no escuro, refletindo sobre os verdadeiros motivos que teriam levado ao fim do casamento.

No dia seguinte acordei mais cedo que Etienete, fiz o café da manhã e coloquei a mesa. Comemos juntos, rindo de um cachorro com nome de Tiradentes e de uma senhora estrábica que usa tapa-olho e se autointitula cegueta.

Quando tomei o ônibus de volta para casa, o tempo estava fresco e o vento tornou a viagem agradável. No meu celular, ligações perdidas do meu namorado e uma mensagem de Fox, me convidando para um show dali a algumas horas. Eu respondi, dizendo que aceitava.

Antes de pegar o elevador, digitei uma mensagem para *Ele,* encaminhando o convite para o show naquela noite.

Eu estava decidido, aquela seria a nossa despedida, não perderia mais nenhum minuto pensando na traição. Etienete estava certa, por mais doloroso que fosse, eu precisava de honestidade. Aquela nojeira tóxica que impregnava minha vida só seria limpa com a verdade.

Eu respirei fundo, abri a porta de casa e chamei por Valentina. Nenhuma resposta.

Os cacos já não estavam no chão da cozinha. A casa estava impecavelmente limpa. Fui até seu quarto e nada, até o banheiro e nada, até o meu quarto e nada. Nada com exceção de uma caixa de sapato velha sobre a minha cama.

Reconheci na hora o objeto. Sentei na cama e o abri, encontrando a foto amassada da mulher negra que trabalhava no salão da vó Adália. Junto da imagem, havia um papel dobrado. Desenrolei o papel e descobri que era uma carta. Dentro, uma segunda foto brotou, dobrada ao meio, uma parte descascada. Uma menina de cabelos pretos cacheados segurava a mão da mulher.

Atrás da imagem havia uma dedicatória: *para Soraya, a minha menina linda. Mamãe te ama.*

Eu peguei a carta, reconhecendo a grafia floreada de Valentina. Em voz alta, eu li a primeira de muitas cartas que mudariam a minha vida.

Querido filho,

Eu já terei ido embora quando você encontrar a caixa e dentro dela essa carta. Me faltam as forças de mãe para olhar nos teus olhos e dizer o que eu preciso. Então, apelo para a escrita, que é a solução dos apaixonados e dos covardes.

Os acontecimentos de ontem me fizeram questionar toda a minha vida. Sei que você pensa que eu sou uma idiota, uma burra, que não sabe o que está acontecendo e vai deixando a vida levar, mas eu não sou. Pelo menos, não tanto quanto você imagina. Eu vejo tudo, eu sei o que se passou e tudo o que eu fiz. A questão não é consciência, mas, sim, força.

Por isso eu te peço perdão, por ter exposto você ao meu silêncio. Não só frente ao que Flávio fez, mas nesses mais de dez anos em que tive em você meu único companheiro. Acho que apenas ontem, quando eu vi suas costas de menino batendo a porta da sala, que eu percebi a gravidade do que eu tinha feito.

No chão de nossa casa, eu me senti suja, e essa carta é a forma que encontrei de me limpar. Espero que em breve possamos conversar, que não seja tarde demais para eu sonhar com o momento em que você vai me chamar de mãe.

Mãe. Essa palavra sempre foi muito complicada para mim.

Eu não tive apenas uma mãe. Eu tive duas mães.

Dentro da caixa que deixo sobre sua cama, você encontrará duas fotos. Em ambas, verá a imagem de Sebastiana. Em uma delas, sou eu quem está ao lado dela.

Sebastiana é sua avó biológica. Me deixe apresentá-la.

Vinda do Ceará com o marido e três filhos debaixo do braço, Sebastiana foi funcionária do salão de sua avó Adália; que também é sua avó, que amou você como avó e desejo que nunca a veja como nada além de sua avó.

Mas eu me lembro, como se fosse hoje, de Sebastiana comemorando, chegando em casa com uma cocada para mim. Naquela época, tudo era muito difícil. Sebastiana não tinha com quem me deixar, todos os meus irmãos trabalhavam fora e o marido vivia no boteco. Então eu, na época com uns sete ou oito anos, passava as tardes no salão de dona Adália, que em pouco tempo viria a ser a minha nova mãe.

Meu cérebro de criança confundiu os acontecimentos e agora percebo que passar tanto tempo sem revisitar uma memória só a torna mais nebulosa (viu, posso não ler os seus livros difíceis, mas também sei umas palavras rebuscadas).

Do que eu lembro muito bem são das brigas que Sebastiana e o marido tinham. Sempre bêbado, gritava para a mamãe que ela deveria agradecer por um homem como ele, um homem branco, ter aceitado casar com ela. Sua avó era uma mulher forte e jamais admitiu aquilo. Um dia, ela pediu o desquite e, aos chutes, botou aquele traste para fora de casa, o ameaçando caso ousasse voltar.

Eu ainda me lembro dos berros dele jurando que a mataria, que ele não seria humilhado por uma mulher como ela, por uma mulher negra.

Sem aquele homem, nossa vida, apesar das dificuldades, melhorou. Eu cuidava de sua avó e ela cuidava de mim. Mas um dia minha vida infantil virou de cabeça para baixo. Um dia, Sebastiana sumiu, simplesmente sumiu.

Eu ainda sonho comigo mesma cambaleando de um lado para o outro no salão com cheiro forte de formol, com as madames ignorando as perguntas sobre onde estava minha mãe.

Naquela noite fui para a casa de sua avó Adália. Ela jogou meu vestidinho surrado no lixo e me entregou esta caixa, dizendo que minha mãe a deixava guardada em sua penteadeira no salão. Lá dentro, encontrei as fotos que agora passo para você. Atrás de uma delas, uma dedicatória com a letra de Sebastiana, dizendo que amava Soraya, dizendo que me amava.

E filho, eu nunca soube o que aconteceu com Sebastiana.

Ao longo dos anos, minha mãe Adália contou várias histórias, e hoje já não sei o que é real ou não. Ela uma vez disse que Sebastiana retornara para o Ceará; na outra falou que ela tinha morrido e, em outra, que tinha voltado para o marido. Tudo que eu sabia era que Sebastiana me deixara sozinha. Quando tive idade para ir atrás da verdade, eu já fingia não me importar.

109

De Soraya virei Valentina; meu cabelo cacheado, às custas de muita química e maltrato, ficou liso. Aos vinte anos ganhei uma rinoplastia e, quando me casei com seu pai, um lifting. Eu matei a Soraya, ou pelo menos achei que assim fizera.

Tentei te contar algumas vezes, filho. Quando você era pequeno, achei que deveria saber sobre a sua outra avó, mas a vergonha era maior. A mentira havia se tornado maior do que eu.

No ano de nossa separação, seu pai encontrou a caixa. Ele perguntou quem era a mulher da foto, eu respondi e ele se agarrou na minha mentira para justificar o que queria fazer há muito tempo.

Sei que contar a verdade para você não vai me eximir dos meus pecados. Deus sabe que a essa altura da vida nada vai ser capaz de fazer isso. Mas eu não podia dar esse primeiro passo sem te contar a verdade. Você ainda é a coisa mais preciosa para mim e espero que um dia possa me perdoar por não ter sido capaz de ter a coragem de falar isso olhando nos seus olhos.

Eu espero voltar em breve. Sobre a mesa está o cartão do banco onde o seu pai deposita a pensão. Esse dinheiro não me pertence, mas, sim, a você. O condomínio já está pago pelos próximos dois meses, então não precisa se preocupar.

Eu vou voltar logo e, até lá, estarei forte o suficiente para conversar. Não desista de mim, por favor.

Com amor,
Sua mãe.

I wanna have control
I wanna a perfect body
I wanna a perfect soul
I want you to notice
When I'm not around
You're so fucking special
I wish I was special

"Creep" — Radiohead

Eu odeio cartas.

Que espécie de filme nonsense melodramático tinha virado a minha vida naquelas últimas 48 horas?

Menos de dois dias antes da carta, eu era nada mais do que um menino mimado com uma mãe maluca e um namoro fadado ao fracasso. De uma hora para outra, eu descobrira meu status de corno; Valentina não era Valentina, ou era Valentina, sim, mas de uma outra forma… e em que buraco ela se enfiara?

Eu não aguentava mais ser enganado por todo mundo para, em seguida, escutar um "eu te amo", como se aquilo resolvesse tudo.

Entre os meus dedos, a carta se amassava. O interfone tocou, era o Fox. Eu pedi que subisse.

— E aí, meu mano? Pronto pro show dos Le Croissants? Já avisei todo mundo que a gente vai e... que cara é essa, parceirinho?

Eu enfiei a carta no bolso e balancei a cabeça.

— Ele tá me traindo.

— Tá de sacanagem?!

Eu expliquei, bem lentamente, sobre a descoberta dos frascos com os remédios da PEP no banheiro d'*Ele*.

— Tem certeza que é dele, cara? Talvez você tenha se enganado ..

— É óbvio que era dele, Fox. Tava escrito o nome! Além disso, a gente nunca ficou tanto tempo sem foder, não tem outra explicação.

— E você vai fazer o quê? Você já falou para ele?

— Não. Eu vou terminar tudo hoje.

— Não vai mais no show?

— Eu o convidei. Ele vai me encontrar lá.

— O quê?! Você vai terminar um namoro assim?

— Ué, e ele merece consideração depois do que fez? Ele pensou duas vezes antes de dar para outro?

—Tiago, essa é a pior das ideias que você já teve.

Fox estava certo. Eu mal tivera tempo para assimilar essa história de traição e já precisara lidar com a dramaturgia de novela das nove de Valentina. Até outro nome a mulher tinha! Eu deveria ter ficado em casa, absorvendo aquilo tudo e colocado a cabeça no lugar para, então, tomar uma atitude.

Mas se todo mundo fazia o que bem queria comigo, por que eu teria que pensar duas vezes? Eu terminaria meu namoro e seria naquela noite. Se fosse para eu tomar uma surra da vida, que viesse de uma única vez.

112

— Pô, Ti, relaxa, vai, vamos ficar de boa aqui, a gente assiste a um desses realities shows, come uma besteira... vem cá, sua mãe não tá em casa, não?

— Não, Fox, Valentina viajou.

— Maneiro! Pra onde?

— Bora falar menos e beber mais?

Eu abri a geladeira, peguei uma garrafa de vodca e virei um shot. Fox não aceitou. Uma hora depois, chegamos no show da banda indie aleatória.

Ele chegou depois com um sorriso no rosto. Deu um beijo na minha boca, me cumprimentou e eu precisei pegar outra caipirinha para lavar o sabor da falsidade.

Eu pedi o copo de 500 ml. E depois outro e depois outro. Ao meu lado, *Ele* não bebia. A banda ainda tocava quando eu vomitei pela primeira vez. Eu fechei os olhos e, quando abri, Fox e *Ele* sustentavam o meu corpo cambaleante em direção ao Uber. O cheiro ácido que empapava minha roupa trouxe o refluxo de volta à garganta. Eu não tive força para expelir.

A sós no carro com o meu namorado, fomos até o meu apartamento.

Minhas pernas se recusavam a me sustentar e *Ele* precisou me dar banho. Vendo o seu corpo nu e molhado na minha frente, eu senti ódio. Eu tive ódio daquele menino perfeito, com a vida perfeita, com mães perfeitas e sem nenhuma preocupação na vida. O menino que, apesar de tudo isso, me traíra.

Com quem ele havia me traído? Teria sido bom? Ele gozou? Ele gostou? Será que ele ainda via a pessoa? A camisinha rasgou ou nem a camisinha ele chegou a usar, tamanho o tesão, correndo atrás da PEP sem nenhum arrependimento, rindo do namorado corno?

113

A quantidade de álcool no meu sangue não foi o suficiente para impedir meu pau de ficar duro. Ainda no banho, eu me aproximei. *Ele* se afastou, parando de esfregar o sabonete em mim. Quando decidiu que eu estava limpo o suficiente, me tirou do boxe, enxugou e me vestiu com roupas limpas.

Meu pau ainda estava duro. *Ele* disse que ia embora, mas eu insisti para que ele ficasse. *Ele* concordou, como sempre, sem um pingo de personalidade.

Fechei os olhos e adormeci, pensando sem parar "a gente precisa terminar", uma frase que ainda levaria um tempo para pronunciar. Sonhei que via um desconhecido fodendo *Ele*.

Eu acordei ouvindo as batidas do meu coração e sentindo meu pau pulsar como se tivesse vida própria. Ao meu lado, *Ele* ressonava.

Eu só sentia ódio e tesão. Ódio e tesão pela traição.

Ele me traíra e me rejeitara por semanas. Que tipo de homem seria eu, se permitisse que mais alguém fizesse o que bem entendesse comigo? Quem aquele menino era para achar que podia fazer o que quisesse, desde que depois sorrisse e fingisse que estava tudo bem?

Eu mordi o pescoço dele e deslizei a ponta da minha língua pela sua nuca. Ao encostar naquela pele maculada por um outro corpo, a raiva tornou-se maior que o desejo. Na minha mente eu o imaginava nu, dando para dezenas de homens, me traindo com eles.

Se eles podiam, eu também poderia. Se eu que era o namorado, eu também merecia.

Eu escutei quando *Ele* pediu que eu parasse de beijá-lo, e mesmo assim continuei. Eu senti quando *Ele* cravou as unhas na minha mão, que imobilizava o seu punho, mas mesmo assim continuei beijando o pescoço e arrancando a calça de moletom com o pouco de equilíbrio que me restava.

Eu baixei as minhas calças e deslizei meu pau molhado pela coxa dele quando fui arremessado para o lado. *Ele* dera um chute na boca do meu estômago. Eu vomitei e a dor irradiou pelo meu corpo enrodilhado sobre o chão de taco. E lá fiquei, jogado, vendo *Ele* se levantar e ir embora do meu quarto.

Eu quero uma casa no campo
Do tamanho ideal, pau a pique e sapê
Onde eu possa plantar meus amigos
Meus discos e livros e nada mais

"Casa no campo" — Elis Regina

Passei o dia seguinte andando de um lado para o outro com as mãos sobre o estômago, incapaz de manter qualquer coisa sólida ali dentro. Parecia que tinham destruído o espaço entre as minhas orelhas.

Ainda assim, o incômodo e a ressaca não chegavam perto do que sentia ao lembrar da noite anterior. Pois, mesmo tendo estado bêbado, eu lembrava. Tentei mentir para mim mesmo, repetindo que talvez aquilo tivesse sido só um delírio alcoólico, talvez fosse só um sonho, um pesadelo.

Mas não era. Eu lembrava de tudo.

A voz d'*Ele* dizendo não, pedindo que eu tirasse meu corpo bêbado de cima do seu, ecoava pela minha cabeça. Eu escutara o pedido para parar, eu sabia que *Ele* não queria continuar, mas eu ignorei, eu fui além. Será que se *Ele* não tivesse me chutado, eu teria ido ainda mais longe? Se *Ele* não tivesse jogado aquele corpo débil no chão, eu teria seguido em frente? Eu teria abusado do meu namorado? Eu abusei do meu namorado?

116

Meu coração batia cada vez mais rápido. Eu nunca pensei ser capaz de uma coisa dessas. Abusadores não eram sempre pessoas traumatizadas na infância? Psicopatas procurando por vítimas na rua? Homens machistas que acreditam serem donos do corpo de mulheres? Como eu, um menino branco, educado, mestrando, bilíngue, culto e que sempre teve tudo poderia ter sido capaz de conceber uma violência dessas? A perspectiva de ter chegado a um ponto que me colocava no mesmo patamar de pessoas que eu desprezava me fez arrancar os cabelos. Literalmente. Naquela manhã de domingo, eu arranquei os meus fios de cabelos. Novamente encontrava na dor o único veículo para o silêncio dos meus próprios pensamentos.

Atabalhoadamente, eu arrancava fios e chumaços, sentado no chão do meu quarto, o corpo encurvado e os fios loiros voando junto com a poeira pelo cômodo.

Ao me ver no espelho, fui acometido por outra ânsia de vômito. A imagem na minha frente era a de um delinquente. As olheiras e o rosto magro tornavam meu reflexo anêmico, e os buracos na minha outrora juba me deixavam parecido com um leproso.

E eu sequer podia me acalentar com o senso comum do "a beleza está no interior". A beleza comigo vinha de fora para dentro e, naquele momento, mais que nunca, eu tive certeza disso.

Apodrecendo de dentro para fora, eu encontrei a máquina de cortar cabelos no armário de Valentina e raspei todos os meus fios. Quando terminei, passei as mãos pela careca, sentindo a nova textura fazer cócegas na palma da mão. Em seguida, varri o chão, alocando o mar de fios dourados em uma pá de lixo. Eu joguei tudo no vaso, bati a tampa da privada e pressionei a descarga.

Nos dias que se seguiram, não fiz nada além de correr. Acordava às sete da manhã, pegava o celular, ativava o modo avião, colocava os fones de ouvido e corria. Correr me impedia de pensar, e quanto maior a queimação nas coxas, menor era o impulso de revisitar aquela noite.

Mas quando eu me deitava, lembrava. Eu fechava os olhos e a memória vinha, principalmente do som, o som da voz d'*Ele* dizendo que não.

Ali eu soube que o relacionamento não tinha salvação, o término era questão de tempo. Eu precisava terminar com *Ele*, mas como eu iria fazê-lo se eu sequer tinha coragem de pegar no telefone e ligar?

Até que o tempo foi levando consigo o ímpeto.

Depois do que eu havia feito, a traição dele era insignificante. Eu era até merecedor do chifre, afinal, olha em que eu havia me tornado. Em dado momento, o desespero pelo alívio da culpa foi tamanho que cheguei a agradecer aos céus por aquilo. A traição anularia o fato de eu ter ignorado aquele "não". Estava tudo bem. Não é?

Além disso, *Ele* era tudo o que me restava.

Valentina, depois do surto com a carta, ainda não havia retornado para casa; eu já não aparecia nas aulas do mestrado, estava sem cabeça para pensar em resoluções da ONU e tratados de direito internacional; Etienete arrancaria de mim a verdade; Fox nunca mais olharia na minha cara se soubesse do que acontecera e Otaviano nem sabia quantos anos eu tinha.

Eu precisava d'*Ele*, eu não podia ficar sem *Ele*. Assim, eu passei a ansiar pela chance de me redimir, de provar que aquilo tinha sido nada mais do que um deslize, que eu não era um abusador, um maluco, um doente... eu ainda podia fazê-lo feliz.

Eu achei que tínhamos como salvar a relação, e que isso seria com uma viagem para Penedo.

Frente ao caos, eu esquecera completamente que, poucos meses atrás, havíamos nos presenteado com uma reserva de passagens e de pousada para a cidade onde todo dia é Natal.

Inclusive, foi *Ele* quem me lembrou da viagem.

Ao ver o número dele no meu celular e ouvir a voz que perguntava se estava tudo certo para a viagem do final de semana, meu peito ficou leve e, com as mãos no alto, eu dei graças aos céus. Aquela ligação, mesmo que depois de dias, significava que *Ele* ainda não tinha me descartado.

Ele também não fizera nenhuma menção àquela noite.

Eu sorri. Covarde e mesquinho, respirei aliviado ao conseguir a chancela para ignorar o crime.

Assim como eu, talvez *Ele* ainda acreditasse em um futuro onde nós voltássemos a ser um. Eu me segurei com força naquela falsa esperança e juntos embarcamos na viagem.

Como *Ele* mesmo diz em uma de suas cartas, aquele foi o nosso último dia especial, a última vez que fomos capazes de sentir.

Não usamos os celulares. De mãos dadas, passeamos para cima e para baixo, nos importando somente com as texturas, cheiros e gostos que encontrávamos no corpo um do outro.

Transamos sobre uma pedra na cachoeira. Pareceu errado frente ao que tinha acontecido na fatídica noite. Eu não merecia o corpo ou o gozo d'*Ele*, mas, na minha silenciosa e desesperada busca por provar para mim mesmo que eu não era aquele monstro, eu não pensei duas vezes. Eu me convenci de que o sexo significava que nada de mais tinha acontecido. No final das contas, eu não tinha feito nada. Eu só o beijara. Eu não teria feito nada além, é óbvio! Não era? Claro que não, não tinha como eu ser um desses caras e, afinal, *Ele* ainda me queria. *Ele* ainda estava ali, gozando com meu pau dentro de si, haveria prova maior de que eu não era um abusador? Que tipo de vítima escolhe trepar com o abusador semanas depois do ocorrido? Era óbvio que nada tinha acontecido, óbvio!

Na volta para o Rio, *Ele* dormiu no meu colo. Por um momento, senti como naquele Dia dos Pais na casa de Etienete, quando tudo parecia mais simples e o futuro, certo; quando a escrota da Valentina era só a escrota da Valentina; quando eu não tinha dúvidas de que tudo que eu queria era estar com meu namorado e tudo que *Ele* queria era ficar comigo.

Ao fim da viagem, eu disse que o amava.

Sete dias depois, eu terminei o namoro.

Sell my soul, by dropping names
I don't like those! My God, what's that!
Oh, it's full of nasty habits when the bitch gets back.

"The Bitch is Back" — Elton John

Valentina ainda não tinha ressurgido. Largada na minha cama, a caixa de sapatos parecia zombar de mim. Eu analisava a foto de Sebastiana, minha suposta avó biológica, encarando da imagem para o espelho e de volta. As nossas sobrancelhas eram iguais, o desenho de uma parábola fina sobre os olhos.

Meu e-mail apitou com um recado. O remetente era a faculdade. Eu já estava esperando por aquilo, mas mesmo assim doeu. Era o comunicado do meu desligamento do programa de mestrado por excesso de faltas.

Meu relacionamento era tudo que me restava e, apesar disso, voltando ao Rio e distante daquela paisagem onírica de Penedo, as velhas questões voltaram a assombrar. É difícil se enganar por muito tempo, principalmente quando, ao seu redor, a vida está acontecendo.

Com a cabeça toda raspada, correr era o que me impedia de enlouquecer. Então naquele dia eu deletei o e-mail com o registro da minha expulsão, calcei um tênis e saí de casa.

121

Depois de quase uma hora suando no asfalto escaldante ao redor do estádio do Maracanã, peguei o metrô até Ipanema. Larguei tênis, camisa e óculos de sol na areia e me joguei ao mar.

Eu não nadei, apenas boiei, sentindo a água contornar o desenho do meu corpo e o sal adentrar a minha pele. Lembrava de ter lido em algum lugar que a água do mar limpa a alma e o sal afasta demônios.

Se eu precisava de alguma coisa, era de sal.

Ao sair da água, minha pele já estava enrugada e as pernas pareciam ter adquirido o dobro do peso. Quando cheguei na areia, reparei que uma mulher negra, alta e esguia me encarava.

Eu ignorei, crente de que era apenas um flerte, mas ela se aproximou de mim e tocou o meu ombro.

— Posso ajudar?

— Tudo bem, queridinho? Meu nome é Abikanili, e sou produtora de um canal de televisão. Podemos conversar?

— Eu tô com hora. — A mulher encarou o Rolex no seu pulso.

— Você está na praia às quatro da tarde de uma segunda-feira. Você não está com hora. Vem, eu te pago um... — ela novamente me olhou de cima a baixo — ... kombucha?

Eu acompanhei Abikanili até um dos quiosques da praia, surpreso ao vê-la ser tratada como uma celebridade pelos funcionários, que já sabiam o que ela queria e a mesa onde ficaria.

Assim que sentamos, ela tirou um cartão do bolso e me entregou. Novamente se apresentou como produtora de um grande canal de televisão, trabalhando como olheira de um reality show. Abikanili reparou em mim assim que eu cheguei na praia e ficou me observando enquanto eu estava na água.

— Acredito que você seria uma ótima adição ao elenco, a audiência ia te amar. Procuramos alguém exatamente com esse seu... perfilzinho.

— Você não me conhece.

— Queridinho, eu já vi tudo em você que tinha para ver. Com esses olhos e esse corpo, o público é seu. — Ela deu uma risada. — Ai, ai. Mesmo se você não ganhar o prêmio final de um milhão, as oportunidades de fazer dinheiro com a sua imagem são enormes. Esse mundo é fácil pra gente como você. Eu posso mudar a sua vida.

Aquilo parecia igualmente uma piada e uma sorte grande. Eu costumava assistir àqueles programas com o Fox, rindo dos babacas sem nada na cabeça, que se comportavam como macacos em um cativeiro, como se tivesse algo de especial na forma como acordavam, transavam e cagavam, como se, só por ser quem eram, fossem dignos da atenção dos milhões de brasileiros a que os assistiam.

Não muito diferentes de mim.

Em uma escala menor, no espetáculo da minha realidade, aquilo era exatamente o que eu buscava, não era? Ser exaltado pela minha mediocridade, ser aplaudido por fazer o mínimo, esperar receber o reconhecimento de todos sem nunca me importar com ninguém. O estereótipo do menino branco de classe média.

Pensando melhor, um reality show seria quase que o meu hábitat natural.

Eu já não tinha vida acadêmica, carreira profissional, nem mesmo mais mãe eu tinha, o que me impedia? Eu estava no fundo do poço, que outra chance como aquela surgiria?

Só *Ele* estava no caminho. Mais uma vez, meu namoro era a única coisa que me fazia questionar a mudança.

Ainda analisando o cartão de Abikanili, pedi até o final da semana para dar uma resposta.

— Amadinho, você não me entendeu? Não temos tempo! Você ainda vai precisar passar por algumas entrevistas, exames e testes de câmeras, além de toda a papelada. O elenco já está quase todo formado. Então, não, eu não vou te dar até o fim da semana, playboy. Me liga até o fim do dia ou pode jogar o cartão no lixo.

A produtora deixou o dinheiro sobre a mesa, se despediu dos garçons chamando-os pelo nome e me deixou ali plantado, o cartão com o seu número em minha mão.

O metrô de volta para casa estava cheio. As pessoas saindo do trabalho fediam e gritavam, e eu só desejava ter um carro. Mas antes eu não tivesse saído daquele metrô, antes eu tivesse ficado ali, rodando e rodando, indo até o ponto final e voltando, até que um segurança eventualmente me expulsasse.

Porque quando eu voltei para casa, Valentina estava lá.

Seus olhos se encheram de lágrimas ao me ver. Ela abriu os braços e correu na minha direção. Eu me esquivei e entrei no meu quarto.

Valentina bateu na porta, pedindo que eu abrisse, implorando para conversar. Eu peguei a caixa e despedacei as fotos. Abri a porta, e ela estava prostrada ali, as lágrimas escorrendo dos olhos.

— Filho, por favor, vamos conversar. Você leu a carta? Eu fui atrás da sua avó biológica e... e eu consegui um emprego! Por favor, eu tenho tanto para te contar...

— Isso aqui é seu. — Eu joguei no chão o papelão com os pedaços das fotos.

— Filho, por favor, eu sei que...

Eu bati a porta na cara de Valentina antes que ela pudesse terminar a frase. Peguei o cartão do bolso e liguei para Abikanili.

— Vou participar do programa.

I'd like to be my old self again, but I'm still trying to find it
After plaid shirt days and nights when you made me your own
Now you mail back my things and I walk home alone

"All Too Well" — Taylor Swift

Era uma sexta-feira quando eu convidei *Ele* para um passeio no Parque Lage.

Eu já não morava mais no apartamento de Valentina, passando os dias, até entrar em confinamento no reality show, na casa de Etienete, que, ao lado de Fox, era a única que sabia da minha iminente transformação em subcelebridade.

Meu tempo passou a ser integralmente dedicado aos preparativos para o programa. Quando eu não estava fazendo os exames ou testes de câmera — que incluíam desfilar de sunga e compartilhar histórias sobre experiências sexuais desastrosas —, eu estava malhando ou na frente do computador, apagando qualquer comentário ou compartilhamento nas redes sociais dos últimos cincos anos que pudessem gerar um cancelamento.

Eu não me submeteria àquilo tudo em vão. Se era para eu me tornar uma subcelebridade, então eu seria *A* subcelebridade.

Mas naquela sexta-feira em particular, arrumei uma brecha na agenda e, carregando uma sacola com as coisas que *Ele* havia deixado na minha casa ao longo dos anos de relacionamento, eu fui ao seu encontro.

Anos de namoro terminaram em trinta minutos.

Ele entendeu o motivo do encontro assim que viu as roupas esquecidas lá em casa vazando pela saca. Eu pedi perdão, afirmando que não dava mais para mim. Repeti todos os clichês do gênero. O problema era eu e não ele; eu precisava me conhecer; precisávamos descobrir quem éramos sem o outro.

Eu achei que *Ele* fosse explodir, que finalmente tudo viria à tona, que *Ele* cuspiria a traição, o abuso sexual e as humilhações que eu o fizera passar.

Mas *Ele* apenas abaixou os olhos, encarou os sapatos e chorou. Minutos depois se levantou, segurou a saca contra o peito e foi embora, me deixando sem ter proferido nenhuma palavra.

Eu voltaria a vê-lo apenas em seu enterro.

Se eu soubesse que aquela era a última vez que eu o veria vivo, eu não teria sentido o alívio, a sensação mesquinha de tirar o peso dos ombros, de tratar o fim do namoro como quem risca uma tarefa das atividades do dia.

Se eu soubesse que aquela era a última vez que eu o veria, eu teria segurado seu rosto com as duas mãos e beijado a sua boca carnuda; teria falado que, por mais que eu fosse péssimo em demonstrar, eu o amei da forma que eu consegui; que *Ele* por muito tempo fora a única coisa boa na minha vida; que eu perdoava a sua traição, mas que jamais me perdoaria por não ter parado imediatamente naquela noite, quando *Ele* disse não; que diferente do que eu sempre fizera parecer, eu não era bom demais para *Ele*. Era o contrário.

Mas eu não era quem eu sou hoje, e eu não sabia o que sei atualmente. No dia do término, tudo o que aquele Tiago sentiu foi alívio. Como se, com o fim do namoro, fosse embora junto toda a necessidade de lidar com os acontecimentos do ano que passara.

Ele se foi com tudo que eu queria esconder.

Eu estava pronto para renascer. Dessa vez sem traumas, sem ex-namorados, sem mães desequilibradas com passado de novela mexicana e sem pais machistas e babacas.

Minha vida nova tinha dia, hora e lugar para começar.

PARTE 3

Goddamn, man-child
You fucked me so good that I almost said: I love you
"Norman Fucking Rockwell" — Lana Del Rey

Uma das maiores verdades no balaio das frases clichês sobre qualquer reality show é a de que o confinamento deixa tudo mais intenso.

Essa foi a única explicação que encontrei para o fato de aquele microuniverso controlado 24 horas por câmeras e homens brancos atrás de monitores, ter me absorvido de forma que esquecer d'*Ele*, de Valentina e do apartamento mofado na Tijuca tenha sido uma tarefa simples.

Felizmente, eu adotara o look cabeça raspada, caso contrário, eu teria passado aqueles três meses flagelando o meu couro cabeludo.

Ao me ver preso em uma casa ao lado de outras treze pessoas, performar o personagem *"menino guerreiro contra a injustiça social com tanquinho de crossfit"* mostrou-se uma tarefa dantesca, a qual eu não teria sido capaz de completar sem a ajuda da oscariável atuação do meu atual ex-marido.

Mikhael chamou minha atenção quando beijou Lorrayne na primeira festa. Vocês ainda conseguem encontrar o meme da minha cara de surpresa ao vislumbrar a cena, boquiaberto, com a vodca escorrendo pelo queixo.

Mesmo com o escapulário no pescoço e as orações antes do almoço, desde o momento em que coloquei os olhos naquela bundinha malhada marcada por um short beira cu, eu tive a certeza de que Mikhael também beijava rapazes. Porém lá estava ele, amassando a ex-miss Paraná contra uma palmeira cênica.

Naquela noite, eu me toquei que tinha dois grandes problemas.

O primeiro: a total ausência de um menino com quem eu pudesse trocar saliva e declarações exageradas de amor. Segundo minhas pesquisas prévias, em 77% das edições de *Confinados*, o vencedor tinha formado um casal no programa. Beijo na boca e pegação no edredom geram tempo de tela; tempo de tela gera popularidade e popularidade gera dinheiro. E fiquei assim, sozinho, perdido nas aparições em horário nobre como coadjuvante, vulgo "a planta" da edição.

Então chegamos ao meu segundo problema. Apesar de a cota de viade começar e terminar comigo, a de LGBTQ+ tinha mais uma representante. A produção havia selecionado Bárbara, a primeira mulher assumidamente transgênero a entrar no confinamento.

Como diabos eu iria competir com a narrativa de uma mulher negra, que fazia trabalho voluntário em Uganda, tinha uma ONG para gatos de rua, sabia coreografias de K-POP, chorava com saudade da família e transformara uma almofada em uma amiga imaginária chamada Laverne Cox?

Depois de ver Bárbara voltando vitoriosa de três berlindas seguidas, decidi que a melhor estratégia seria me tornar seu amigo. Segundo lugar ainda era melhor do que nada.

Os episódios desenrolaram-se nessa dinâmica, até que Lorrayne, a outrora namoradinha de Mikhael, foi eliminada.

132

O plot twist veio com o galã garantindo a maior audiência da história do programa, ao revelar ao vivo que era um homem bissexual.

As lágrimas discretas, o beijo no escapulário, o discurso sobre querer respeitar a família brasileira e a informação de que nunca tinha ido para cama com alguém do mesmo gênero. O Brasil gozou com a oportunidade de acompanhar o desabrochar de um homem que, apesar de desviado, tinha grande apreço pela religião e pelos bons costumes.

Mikhael mostrou-se a manifestação corpórea da versão LGBTQ+ do mito do homem cordial. Ele ganhava a simpatia das ativistas menos radicais, das gays biscoiteiras (porque, né, aquele short), das senhorinhas católicas e das mulheres heterossexuais. Enquanto ele chegava ao apogeu, meu papel estava limitado em ser a orelha de Bárbara.

Foi assim que meus olhos brilharam, ao ver na declaração de Mikhael a chance de deixar de interpretar aquele personagem unidimensional. A estratégia foi mais bem-sucedida do que eu podia imaginar. A imagem de nós dois abraçados na prova de resistência em dupla; compartilhando o primeiro beijo depois de dezessete horas em pé sobre um copo de refrigerante gigante, foi a mais procurada no Google no ano de 2018.

Mas o equilíbrio das forças saiu do meu controle. O que era para ser apenas um veículo até a final do programa e algumas dezenas de milhares de reais na conta, tornou-se, de fato, uma paixão. Carente e lutando contra os fantasmas do mundo que eu deixara além das paredes do confinamento, eu encontrei em Mikhael algo que havia muito estava em falta: tranquilidade e prazer. Eu me apaixonei por aquele olho esbugalhado e o jeito infantil de um brutamontes bodybuilder religioso.

O que começou com pantomima virou verdade.

Fodíamos escondidos no banheiro, onde as câmeras não alcançavam, e batíamos punheta sujando as cobertas todas as noites, os olhos fechados simulando o dormir, afinal, a postura virginal era fundamental para o público de Mikhael. Na frente das câmeras, muito carinho e declarações. Os beijos apaixonados eram guardados para poucas ocasiões.

Depois de um mês e meio, finalmente eu tinha definido o meu lugar na competição. Tiago, Mikhael e Bárbara: a santíssima trindade do arco-íris. Um viado, um homem bissexual e uma mulher transgênero, o esquadrão da militância estava tinindo.

No meio do lamaçal tóxico de heteronormatividade que foi o *Confinados* de 2018, o público pegou simpatia pela nossa panelinha perseguida, assim como a produção e a edição, que não hesitavam em pintar os demais participantes como vilões. Até um carrão vermelho, motor 1.6, eu ganhei em uma prova de imunidade, um símbolo de que a sorte havia virado ao meu favor.

Mas Mikhael ainda guardava na manga o seu truque de mestre. O xeque-mate veio quando ele foi o último eliminado antes da final, terminando em quarto lugar. Ao indicar a si mesmo para a berlinda, disputando a permanência com a favorita Bárbara, ele me livrou de uma competição com a minha melhor amiga de confinamento, onde era óbvio que eu teria perdido.

Mikhael conquistou o coração do Brasil de uma forma que eu nunca seria capaz. Os números nas redes sociais eram a prova. Eu passava dos cinco milhões de seguidores no Instagram, enquanto ele se aproximava dos dez.

O resto é história.

Bárbara foi a grande vencedora e eu perdi o segundo lugar para a senhorinha que falava com as pedras e colecionava formigas. Eu não tinha dúvidas de que, se quisesse fazer a fama e o dinheiro durar, eu precisaria de Mikhael. Ele traria para a minha imagem tudo que faltava: suavidade, vulnerabilidade e um discurso ainda mais palatável à grande maioria do país.

No último dia, identifiquei Valentina na plateia, junto de Fox, Etienete, Otaviano, Monique e outros rostos conhecidos. Quando eu coloquei os pés para fora da casa com o anúncio do terceiro lugar, ela correu para me abraçar e, na frente das câmeras, eu não tive como afastá-la.

O contato físico trouxe à tona tudo que eu havia ignorado até então.

Valentina simbolizava o que eu era, enquanto Mikhael ecoava quem eu tentava ser. E foi nele em quem eu me agarrei.

Poucos meses após o fim do programa estávamos noivos, em um saldo que incluía, mas não era limitado a: uma mansão na Barra da Tijuca no mesmo condomínio da Anitta; um contrato para um programa na maior emissora de televisão da América Latina; uma conta com valores de sete dígitos; milhões de seguidores no Instagram e um casamento que viria a ser o evento ao vivo mais visto da história da internet brasileira.

Com Mikhael eu me tornara invencível, e não deixaria nada e ninguém ficar no meu caminho.

Não importa, não faz mal
Você ainda pensa e é melhor do que nada
Tudo que você consegue ser ou nada

"Tudo o que você podia ser" — Milton Nascimento

Eu estacionei o carro vermelho na garagem da minha nova casa e saltei do veículo, largando a porta aberta. Eu dançava sozinho, vibrante após o pico de audiência de 29 pontos do segundo capítulo do *Fora do Armário*, o meu recém-estreado talk-show. Na mão direita, agarrava a nova edição da revista *G World*, estampada com o meu rosto na capa sob letras garrafais que diziam: "O rosto mais bonito do Brasil."

O celular vibrou com uma mensagem de Mikhael, avisando que estava a caminho. O meu então noivo estava voltando de São Paulo, onde gravara uma *publi* para uma marca de roupas veganas.

Eu tinha exatas duas horas para descansar.

Conforme atravessava a sala da mansão eu ia me despindo, largando sapato e calça pelo chão para depois correr na direção dos braços do melhor mimo que eu já recebera: uma cama king com travesseiros de pluma de ganso.

Me joguei no colchão e afundei ali, contemplando aquele novo mundo mágico ao meu redor. Nem a casa de minha infância na

Urca e muito menos o bolorento apartamento na Tijuca chegavam perto daquele conforto imponente. Era uma pena que o tempo necessário para ganhar o dinheiro que sustentava essa nova vida tornasse cada vez mais difícil conseguir, de fato, vivê-la.

Naqueles primeiros meses pós-*Confinados*, quando eu não estava trabalhando, estava dormindo. E era como eu estaria, se o interfone não tivesse tocado.

— Boa tarde, seu Tiago, a Sra. Valentina está aqui na recepção.

Respirei fundo para manter a voz calma com o porteiro.

— Pode mandar entrar, Manoel, obrigado.

Era a primeira vez que Valentina me pegava sozinho. Desde o fim do programa eu vinha fugindo dela, que inundava meu celular com mensagens não visualizadas e perturbava minha assessora com ligações implorando por uma brecha na minha agenda. Até aquele dia, só havíamos estado juntos em circunstâncias públicas. A festa de noivado, a celebração da casa nova, o aniversário de Etienete… mas lá estava a infeliz, sorridente na porta da minha casa.

Eu não tinha para onde correr.

Valentina me abraçou forte e o cheiro do perfume doce no seu pescoço me deu ânsia. Os olhos claros brilhavam e as mãos buscavam as minhas o tempo todo. Como moscas, eu afastava o toque daqueles dedos empapados de hidratante.

— Uma cliente não apareceu, fiquei com horário livre. Pensei que poderia tentar a sorte, vai que te encontrava em casa, né? Você anda tão ocupado…

— Tá com fome? A Gleice deixou uma quiche…

— Não, comi no salão, milagre. A agenda tem andado tão lotada que eu quase nunca lembro de parar pra comer.

— Você sabe que você não precisa disso.

— Eu gosto, filho. Trabalhar foi a melhor coisa que eu poderia ter feito.

Desde que retornara de sei lá onde, Valentina passava a semana cortando e fazendo cabelos em um salão de shopping. Aparentemente já tinha conquistado uma grande clientela, e com dinheiro o suficiente para se bancar.

Era como se o universo debochasse da minha cara de panaca.

Durante toda a minha infância, Valentina reclamara das dificuldades, e quando eu, finalmente, poderia suprir os seus desejos, ela decidira que era o momento ideal para se transformar. Onde estava essa mulher trabalhadora e bem resolvida há dez anos, quando eu, de fato, precisava dela?

— ... eu quero conversar com você, filho.

— Tá ligada que quando eu falo e você responde a gente tá tendo uma conversa, né?

— É sério, Tiago.

— Não precisa de teatrinho, Valentina. Só diz quanto você quer.

— Não vim aqui para isso.

— Nossa... — Eu dei uma risada debochada, me joguei no sofá ao seu lado e olhei o relógio. — Você tem quinze minutos.

Ela abriu a boca e respirou fundo, a garganta tremendo.

— A gente nunca conversou sobre a carta.

— Ahhhh, aquela carta? A carta que você deixou quando decidiu me abandonar? Um minutinho, então. — Eu levantei do sofá, peguei um bloco de papel e uma caneta e estendi para ela. — Toma, escreve. Não é assim que você gosta de resolver as suas merdas?

— Para com isso e me escuta, filho. Depois de tudo aquilo com o Flávio, eu não consegui. Eu ia enlouquecer se ficasse ali, naquela casa. Foi a forma que eu encontrei para ser honesta, foi o que eu fui capaz na época.

— Ideia genial. Valentina, meus parabéns! Vou te chamar pra ser roteirista do programa, paga melhor que o salão. Não, porque contar para o seu filho em uma carta, que ao longo dos últimos vinte anos você fingiu ser uma pessoa que não era e depois desaparecer para não precisar lidar com as consequências das mentiras, uau, é digno de um troféu imprensa!

— Eu não desapareci... eu fui atrás de Sebastiana... — ela engoliu em seco — ... da minha mãe.

— E funcionou? Deu em alguma coisa esse seu "de volta para a minha terra"?

Lágrimas escorreram pelo rosto pálido dela, pintando-o com o preto do rímel.

— Eu não encontrei ninguém. Acho que nunca vou saber o que aconteceu... com a minha mãe. — Ela soluçou e eu cruzei as pernas, revirando os olhos. — Mas foi importante pra mim, filho. Revisitar o lugar da minha infância, encarar essa história. Foi o que me deu forças para procurar o emprego, o que me deu forças para tentar mudar...

— Que bom pra você, Valentina. Ótimo que essa sua peregrinação para a puta que pariu nesse melodrama pessoal tenha servido para alguma coisa. — Eu levantei com um pulo e caminhei até a porta. — Então, daqui a pouco o Mikhael vai chegar e a gente precisa sair...

— Até quando você vai fazer isso?

— Viver a minha vida?

— Me chamar de Valentina. Me penalizar pelos meus erros, me tratando com como se eu fosse um lixo.

139

Com as mãos na cintura eu soltei uma gargalhada esganiçada, encarando uma Valentina com a cara desfigurada pela mistura de maquiagem e lágrima, acuada no sofá, sentada com as pernas fechadas e retesada contra a poltrona.

— Se alguém foi penalizado nesta vida, Valentina, fui eu que não tive porra de mãe nenhuma! Onde tava essa mulher boazinha quando eu estava lá fazendo de tudo pra te agradar, hein? — Bati o dedo no Rolex no meu pulso. — Acorda! Já é tarde pra você tentar ser mamãe só porque bateu dor na consciência.

— Você sabe que isso não é certo.

— Sei mesmo? Eu vou enumerar pra você o que eu sei. Eu sei que deixou a porra de uma carta com uma história sem pé nem cabeça, pra tentar justificar ter mentido pra mim por vinte anos; que você passou a minha infância inteira jogando na cara que eu não bastava e enfiou um homofóbico dentro do nosso lar, sem falar de como não tinha um pingo de vergonha de ser uma racista recalcada. Ter sido abandonada não te dá o direito de ser uma filha da puta!

Valentina ficou de pé, esfregou o rosto com a manga da camisa e andou na minha direção. Chegou bem perto de mim, quase me pressionando contra a parede.

— Eu não estou me eximindo dos meus erros, Tiago. Mas eu estou tentando corrigi-los. Você tá velho demais para continuar culpando mãe e pai pelas suas dores. Quer dizer, culpar a mãe, né. Porque seu pai nunca nem esteve presente!

— Ele é tão merda quanto.

— Forra nenhuma, Tiago! Por que ele tem o direito de fazer o que bem entende e eu preciso ser humilhada por pedir uma chance de tentar resolver as coisas? Pelo amor de Deus, ele vai entrar contigo no altar!

— Onde você viu isso?

— Seu noivo falou, em uma entrevista. Por que agora só assim pra eu saber do meu filho né, pela boca dos outros.

— Ele vai entrar comigo só pra cumprir protocolo.

— Cadê o protocolo pra você tratar sua mãe com esse mesmo respeito?

— Mais uma vez, Valentina, você se eximindo das suas merdas.

Eu quase pulei para trás com o grito rouco e esganiçado que fez as veias saltarem no pescoço pálido de Valentina

— Eu não estou me eximindo de nada, Tiago!

Eu segurei a respiração.

— Eu vim mostrar que estou disposta a melhorar. Mas se você ainda prefere se comportar como se o mundo te devesse um milhão de recompensas e desculpas, eu espero. Eu te amo, mas não gosto nem um pouco da pessoa que você está se tornando.

Valentina bateu a porta e se foi. Só percebi que eu estava chorando quando as lágrimas chegaram nos meus lábios.

Quando a luz, o poste não acendeu?
Quando a sorte não mais pôde ganhar?

"Quem vai dizer tchau?" — Nando Reis

Valentina foi e levou junto o meu sono.

Com os pés descalços enfiados na piscina, eu acendi um cigarro, observando pelas lentes escuras dos óculos de sol as compridas retas que formavam a minha nova casa.

No colo, meu rosto estampado na *G World* encarava o meu queixo barbeado a laser. Apaguei a ponta do cigarro no gramado e me inclinei para trás, me deitando no chão quente, o calcanhar arranhando a água. A revista deslizou pelas minhas pernas e caiu na piscina.

Saquei o celular do bolso e digitei meu nome no buscador do YouTube. Apertei o play em um vídeo com as compilações dos meus melhores momentos no *Confinados*, entrecortados com uma música brega da Katy Perry, feito por um dos meus muitos fã-clubes.

O som da minha voz promulgando frases de efeito durante o programa começou a ser ecoado pela aparelhagem de som ao meu redor. Eu fechei os olhos e fiquei ali, sentindo o calor do chão umedecendo as costas, ouvindo o registro do meu sucesso até ele ser interrompido por uma chamada telefônica.

Eu só não ignorei porque era o Fox. Depois de meia dúzia de palavras trocadas sobre o seu processo de preparação para a prova do Itamaraty, meu amigo perguntou se estava tudo bem e o porquê de Mikhael ter "falado aquilo, naquela entrevista".

— ... achei estranho, parceirinho, sei lá, não parece algo que você faria...

— Eu não sei do que você tá falando, Fox. — A ligação ficou muda por um tempo.

— Desculpa, meu mano. Vou mandar o link.

Fox finalizou a ligação e, em seguida, me mandou um vídeo. Eu abri. Era uma das muitas entrevistas que Mikhael dera nos últimos dias, dessa vez para uma ex-atriz loira que ganhava a vida como youtuber. No título, os dizeres: *"'Não preciso desrespeitar ninguém para ser quem eu sou — Mikhael Marcondes conta tudo sobre seu casamento com o dono do rosto mais lindo do Brasil.'"*

Como a postagem tinha mais de quarenta minutos, permita que eu reproduza aqui apenas o trecho que foi ecoado por todo o meu quintal na aparelhagem de última geração.

— ... agora me conta Mick! Ihhh, olha ela, já fazendo a íntima! Mas vem cá, você tá animado pro momento do beijo? Afinal, você tá casando com o dono do rosto mais bonito do Brasil, segundo a *G World*!

— Olha, Tônia, convenhamos que eu não preciso casar pra beijar meu noivo, né... — Gargalhadas forçadas. — Mas, falando sério — Mikhael segura o escapulário que carrega no pescoço —, eu cresci com uma família que me ensinou que, para ser respeitado, eu tenho que me respeitar. Pelo alcance que temos, é importante que tenhamos noção da nossa responsabilidade. Nosso casamento vai ser um evento público, com cobertura ao vivo no YouTube e no Instagram. Eu não tenho por que usar essa plataforma para chocar com algo que só diz respeito ao que eu e Tiago fazemos dentro de quatro paredes. Eu não quero que vejam a gente como um "casal gay", somos muito mais do que isso. Vocês podem ver a gente como grandes amigos, até mesmo como irmãos. Então, respondendo a sua pergunta. O beijo a gente vai deixar pra depois do casamento, longe das câmeras! — Mais risadas.

Eu teria arremessado o celular se a porta da garagem não tivesse escancarado naquele instante.

Eu fiquei de pé com um salto e corri na direção do carro. Quando Mikhael abriu a porta eu estava em cima dele, o som da entrevista ainda se espalhando por todo o quintal.

— Que porra é essa, Mikhael? Você quer me foder?

— Você ainda não tá pronto? A gente tem que estar em Ipanema em quarenta minutos. Vamos! E, meu Deus, abaixa esse som. — Pausei o vídeo. Ele bateu a porta do carro e olhou para o meu veículo vermelho com a porta ainda escancarada. Jesus, Tiago, você deveria ser proibido de dirigir. Você ainda vai terminar se matando. — Ele caminhou para dentro da casa, e segui em seu encalço. — Que bagunça é essa? Se eu tropeço...

— Mik, como você vai a público dizer que no nosso casamento não vai ter beijo? Sei lá, semana passada, eu anunciei que nossa cerimônia seria um "ato político" e agora você me solta uma porra dessas? A gente fez aquela palhaçada daquele pedido em flash-mob para chegar agora e ficar de broderagem?

— Teve beijo?

— Quê?

— No flash-mob do pedido de casamento, a gente se beijou?

— Não, mas...

— Então pronto. Abaixa a bolinha. Pra início de conversa, eu nunca disse que queria um casamento político ou fazer parte desse seu ativismo.

— Beijar na frente de todas aquelas câmeras tudo bem, mas no casamento temos que pagar de "irmãos"?

— Era diferente, Tiago, você sabe disso. Você conhece o meu público.

— E eu? Eu apresento a merda de um programa chamado *Fora do Armário*, Mikhael!

— Olha a hora! Vai se arrumar. Temos que chegar cedo para tirar as fotos com os contratantes.

— Se não tiver beijo, eu não caso.

— Não casa, Tiago. Não casa, terror nenhum. Faz o seguinte, já vai ligando pro seu contador pra ele ver as multas que você vai precisar pagar. Ou esqueceu dos contratos de patrocínio, das permutas...

— Você ia ter que pagar as mesmas coisas. Vai ficar tão queimado quanto eu.

— Você já viu como tá o meu engajamento? Os meus números? Eu não preciso desse casamento, pelo menos não tanto quanto você.

— Se toca, Mikhael, eu sou o rosto mais bonito do Brasil! Meu programa bateu recorde de audiência, meu amor!

— Então acho que você não se importaria se eu disser que o casamento foi cancelado porque o tal do — Mikhael fez aspas no ar — "rosto mais bonito do Brasil" tava ocupado demais agredindo verbalmente a mãe que ele finge que não existe.

Mikhael abriu a porta da geladeira e pegou a quiche de palmito, enfiou uma colher e comeu direto da travessa. Com a boca cheia, continuou:

145

— Agora vai se arrumar, não vou ganhar fama de descomprometido por sua culpa. Anda! Agiliza!

Eu fui para o quarto e bati a porta.

Troquei de roupa, passei perfume, arrumei o cabelo e de mãos dadas fomos assistir ao ensaio da orquestra que tocaria no nosso casamento.

Não queimem as bruxas
Não queimem
"Oração" — Linn da Quebrada

Estávamos de volta à enorme pedra na cachoeira de Penedo. *Ele* me penetrava, eu gemia dizendo que o amava.

Eu acordei melado, com a visão do meu ex-namorado gravada na mente. Ao meu lado, Mikhael roncava, deitado de costas para mim. Saí de fininho do quarto, tomei um banho, troquei de cueca e sentei na frente do computador.

Abri o arquivo com os convidados confirmados no casamento. Brígida e Maristela haviam certificado a presença, mas nenhuma menção a *Ele*, apesar de eu ter incluído um convite.

Será que *Ele* estaria namorando outra pessoa? Teria *Ele* assistido ao programa? *Ele* ainda pensava em mim?

No celular, o contato do meu ex-namorado me encarava e o meu dedo tremia com a vontade de telefonar. Eu larguei o aparelho. No computador, abri a tela inicial do Google e joguei o nome dele inteiro no buscador, encontrando suas redes sociais.

Na sua página do Facebook, nenhuma atualização; no Instagram, nenhuma foto nova, mas no Twitter ele comemorava a saída do estágio e, então, uma única postagem dizendo: "Estava na hora de tirar esse peso do coração", seguido por um link.

Apertei o botão e fui direcionado para o blog de um menino chamado Kalil, no qual *Ele* vinha fazendo alguns posts como colunista. Com dezenas de comentários, um texto em particular se destacava.

Eu engoli em seco enquanto lia aquelas palavras.

No relato, meu ex-namorado narrava em detalhes para o mundo aquilo que nunca contara para mim. Ao longo de duas laudas, *Ele* assumia que havia me traído.

Boquiaberto, eu devorei cada palavra do texto onde *Ele* não só confessava ter transado com um homem casado, com quem a camisinha havia estourado e feito *Ele* correr para tomar a PEP, como também afirmava ter se relacionado com Daniel Filippo. Eu reconheci o nome, era um ativista LGBTQ+ que havia sido assassinado pela polícia militar havia alguns dias, e a repercussão ainda estava nos trending topics.

Ele havia feito tudo aquilo quando éramos namorados. Enquanto eu rolava na cama arrancando meus cabelos, ele vivia outro romance.

Eu tremia com cada batida do meu coração, com cada palavra que lia, esperando o momento em que *Ele* usaria o meu nome, onde confessaria que o "*Tiago ex*-Confinados" era o famigerado corno.

Mas aquele ainda não seria o momento do meu linchamento.

Cheguei ao final e tornei a ler o texto outras duas vezes. Finalmente respirei aliviado ao me certificar de que não havia nenhuma menção a mim. *Ele* apenas me chamava de "Querido ex".

Eu telefonei para Fox. Meu amigo estava ocupado, estudando para o próximo concurso do Instituto Rio Branco, mas eu insisti e enviei o link do artigo.

— Caralho, meu mano. Isso é pesadão. Pô, tu acha que ele vai mandar que você é esse querido ex?

— Fox, esse moleque recalcado pode acabar com a minha vida! E você viu o que ele fez? Com quem ele me traiu? Eu fui corno duas vezes em único dia!

— Ou, será que ele não fez isso só para te afetar, meu mano?

— Se ele queria, tá de parabéns, conseguiu. Depois dessa eu só desejo que ele morra!

Meu sangue fervia. Eu deveria ligar para minha assessora? Entrar em contato com uma agência de gerenciamento de imagem? Aquele post havia sido um aviso, sem dúvidas. De onde veio, poderiam vir outros. *Ele* poderia acabar com a minha vida naquela eterna era de cancelamento virtual, onde as provas não servem de nada e onde, para ser acreditado, basta o formato e a escolha de palavras.

Tomei a decisão de manter Fox como o único ao meu redor que estava ciente da postagem. Quanto menor o número de pessoas sabendo, menores seriam as chances de um cancelamento, ou pelo menos foi o que pensei.

A preocupação com a potencial exposição d'*Ele* aumentava conforme o dia do casamento se aproximava. Eu nem mais gastava minha energia com os preparativos, deixando Mikhael tomar todas as providências, o que trouxe uma paz momentânea na nossa convivência.

De noite, eu não dormia, ficava acordado pesquisando o meu nome, lendo qualquer comentário ou menção a mim nas redes sociais, à procura de algum sinal d'*Ele*, ficando abalado toda vez que eu esbarrava com um comentário que tinha potencial para ter vindo do meu ex-namorado.

Mas quando o dia 30 de junho de 2018 chegou trazendo o meu famigerado casamento, o medo de ser exposto pelo Ex foi sobrepujado por outro: eu beijaria ou não o meu futuro marido no altar?

Os números da live exibindo a cerimônia alcançaram as dezenas de milhares antes mesmo da chegada do primeiro convidado. Enquanto na internet ascendíamos ao topo dos trending topics globais e ganhávamos quinhentos novos seguidores a cada dois minutos, na vida real estávamos em salas separadas, confinados com funcionários das marcas patrocinadoras.

Assessora, esteticista, massagista, maquiador, personal stylist, Fox, Monique e Etienete formavam a pequena multidão ao meu redor. Valentina ainda não tinha dado as caras.

Entre um fio de sobrancelha arrancado e outro, eu questionava Fox sobre alguma novidade acerca d'*Ele*. Meu padrinho de casamento revirava os olhos, passava alguns minutos deslizando a tela de seu smartphone e então repetia que não havia nada.

Depois de cinco horas, eu estava pronto.

O sol se punha e eu finalmente pude sair daquela sala, portando uma cara reluzente como a versão humana de um boneco Ken embalado em um terno rosa-pastel.

Eu coloquei os pés na entrada do salão de festas e travei diante do show de horrores que se pronunciava na minha frente.

— Alguém enfia uma tesoura nos meus olhos, pelo amor de Deus.

Bromélias haviam sido dispostas lado a lado, formando um longo trajeto até o palanque onde trocaríamos as alianças. Cadeiras foram envolvidas com plantas artificiais e estavam dispostas no meio de uma confusão de flores dos mais variados tipos. Rosas, copos-de-leite, girassóis... parecia que haviam raspado as pétalas de absolutamente todas as floriculturas em um raio de cem quilômetros.

150

Mas nada chegava perto do nível de cafonagem do letreiro neon que cobria toda a extensão da parede com o infame #CASAMENTOTHIEL. Eu levei as mãos até o rosto, tentando esconder a vergonha estampada nas minhas feições. O bom gosto vinha única e exclusivamente da estrutura do salão, que ostentava uma abóbada de vidro que permitia o vislumbre do céu do lado de fora.

A orquestra começou a tocar, e engoli em seco. Havia chegado a hora. Otaviano surgiu do nada, o braço esticado e um sorriso enorme no rosto, pronto para me levar até os braços do meu, muito em breve, marido. Mais uma das exigências de Mikhael; mais uma cena para o nosso espetáculo que, àquela altura, já havia chegado ao número inédito de um milhão de espectadores on-line.

Uma drag queen cantora que fazia sucesso na época começou a entoar uma música da Lana Del Rey, unindo sua voz aos instrumentos enquanto Mikhael surgia da lateral oposta à minha, de mãos dadas com o meu sogro.

No meio daquele apocalipse floral, eu sorri e uma única lágrima escorreu. Apesar do caos dos dias que precederam o evento, eu fui envolto por uma falsa esperança de que o casamento poderia salvar a nossa relação que, desde a saída do programa, parecia já ter data de validade.

Afinal, não seríamos dois homens unidos pelo interesse pós--reality show, mas, sim, pelo amor. Se estávamos casando, queria dizer que nos amávamos, não é? Mesmo nos conhecendo há menos de um ano, mesmo passando pouco tempo junto em decorrência de nossas agendas, mesmo brigando em quase 80% das nossas interações e mesmo que a maior parte do afeto compartilhado entre nós tenha ocorrido no meio de uma casa vigiada por câmeras em tempo integral.

Mikhael foi deixado pelo pai no altar floral, e era a minha vez de desfilar pelo caminho das bromélias.

Andando de braços dados com Otaviano, eu observava o público, de olho em uma aparição súbita do meu ex. Meu olhar se encontrou com o de Valentina e eu tomei ciência do aperto de meu pai em meu braço e das palavras que ela dissera na semana anterior, bradando o quão hipócrita era esse show de tê-lo como um pai exemplar levando o filho viado até o altar.

Brígida e Maristela, as mães d'*Ele*, estavam sentadas logo atrás. Eu soltei a respiração ao perceber que *Ele* realmente não estava ali. Minhas ex-sogras acenaram e mandaram beijinhos, eu retribuí.

A música parou quando Otaviano me entregou para Mikhael. Atrás de nós, um técnico manejava uma câmera de última geração. Meu marido sussurrou que havíamos ultrapassado os dois milhões de espectadores. Meu casamento era oficialmente o evento ao vivo mais assistido da história da internet brasileira.

Minha mão direita procurou os fios de cabelo que não estavam lá. O beijo. Estava quase na hora.

Na minha frente, Mikhael já declarava um discurso ensaiado à exaustão, sobre o amor e companheirismo. Ele terminou e encaixou a aliança no meu dedo. Eu pronunciei o meu texto decorado e deslizei o anel dourado pelo dedo do meu marido, sacramentando a união.

Com o corpo inclinado para a frente, eu fechei os olhos. Mikhael sussurrou entre dentes no meu ouvido, enquanto nosso rosto se aproximava.

— Você vai se arrepender se tentar uma gracinha.

Meu marido encostou o nariz dele no meu. Trêmulo, eu deslizei o meu nariz pelo dele. Havíamos selado nossa união com a porra de um beijo de esquimó.

Nos afastamos, um sorriso forçado no rosto. Ao nosso redor, todos, com a exceção de Etienete, Monique e Valentina, aplaudiam. Eu estava congelado, parado no mesmo lugar.

A mestra de cerimônias surgiu por de trás de alguma das muitas plantas e instruiu para que passássemos para a próxima parte do evento. A drag voltou a cantar. Mikhael me puxou pelo pulso e andamos pelo tapete de flores enquanto os convidados faziam chover arroz sobre nós.

A festa durou até a madrugada. Ao final, nos despedimos das câmeras e convidados e entramos no carro de janelas insulfilmadas que nos aguardava, balancei a cabeça e o arroz caiu como caspa. Batemos a porta e Mikhael soltou a minha mão, se afastando para o canto do veículo. Eu fechei os olhos e partimos em direção à nossa lua de mel.

Na internet, as hashtags #TIAGOCANCELADO e #TIAGOHIPOCRITA já começavam a viralizar. O que eu pensei ser o primeiro passo em uma nova era foi, na verdade, o início do meu fim.

You steal the air out of my lungs, you make me feel it
I pray for everything we lost, buy back the secrets
Your hand forever's all I want.
Don't take the money.

"Don't Take the Money" — Bleachers

A lua de mel foi em Trancoso. Você quem escolheu? Porque eu também não. O destino fora patrocinado por uma agência de viagem LGBTQ+ friendly, com a exigência de uma foto no hotel e duas na praia com a legenda #felicidadeparatodxs.

Apesar de não ousar abrir o Twitter ou as directs do Instagram, as fotos do nosso corpo malhado e bronzeado na areia postadas no meu perfil eram bombardeadas com comentários me atacando com emojis de rato, vômito, cobra e lata de lixo, e, de vez em quando, ameaças de morte.

Na conta do meu marido, usuários com a imagem da bandeira do Brasil no avatar elogiavam a nossa postura "ética" e "respeitosa".

— Relaxa, em uma semana todo mundo já esqueceu. E provavelmente agora os meus seguidores vão começar a acompanhar você.

— Mas eles não são o meu público.

— Agora vão ser.

Depois das primeiras 24 horas, aquele paraíso já começava a me incomodar. Felizmente, só tínhamos mais dois dias. A nossa agenda de casal exigia o retorno ao Rio de Janeiro. A lua de mel era quase que exclusivamente para gerar conteúdo.

Gerar conteúdo e foder.

Mikhael parecia só querer contato com o meu corpo para se satisfazer. Transamos na cozinha, no chão do quarto, no chuveiro e na varanda. Transamos, mas não nos beijamos. Enquanto ele estava dentro de mim, eu tentava me lembrar da última vez que ele havia beijado a minha boca. O sexo era tão bom, ou eu estava tão desesperado, que a penetração pela penetração me bastava. Ou pelo menos foi o que disse a mim mesmo.

A partida de Trancoso chegou, e o que meu marido dissera ia se concretizando. Exatos quatro dias desde o meu cancelamento e linchamento as pessoas se esqueceram de mim e passaram a criticar outra celebridade que havia supostamente atacado a comunidade LGBTQ+. Meus seguidores tornaram a aumentar, assim como os comentários parabenizando nossa postura na cerimônia. Mikhael estava certo, meu público estava mudando.

Chegamos em casa e encontramos dezenas de pilhas de presentes abarrotando a nossa sala. Sequer tivemos tempo para encostar em um deles. Eu tinha a gravação do programa, uma sessão de fotos e uma reunião com a nossa agente para redefinição das estratégias após o casamento.

Quinze dias transcorreram nessa rotina agitada de subcelebridade, e eu me encontrava em uma reunião de reformulação do *Fora do Armário*. A audiência havia despencado, os patrocinadores estavam ficando mais escassos e ninguém parecia querer admitir que o grande problema ali era eu. Passamos horas e horas debatendo conteúdo, chegando à solução simplista de convidar mais Drag Queens para o programa.

A verdade é que a minha identidade após o casamento estava completamente desconjuntada, buscando o meio-termo entre o menino ativista #outandproud e o gay homofóbico que quer agradar a família tradicional brasileira.

Eu saí da reunião cabisbaixo para dar de cara com o Fox.

— Meu manooo, que saudades, como foi a lua de mel?

— Fox! — Eu agarrei o pescoço do meu amigo, matando a saudade do tempo longe. — O que você tá fazendo aqui?

Fox abriu um sorriso de orelha a orelha e começou a dançar no meio do estúdio, atraindo olhares reprovadores da minha agente, da produtora e dos demais funcionários. Eu gargalhei com a cara de constrangimento deles.

— Adivinha quem, finalmente, passou para o Itamaraty?

— Mentira? Caralho, amigo! Caralho, parabéns!

— Isso mesmo, Fox Raposo, será embaixador a serviço do Brasil!

Eu abracei o meu melhor amigo e pulamos juntos. Assoviei para minhas chefes e gritei que tiraria o restante do dia de folga. Elas protestaram, eu ainda tinha compromissos naquele dia mas dei as costas e andei em direção à saída com o braço ao redor do pescoço de Fox.

Fomos a um boteco próximo à emissora. Nos jogamos, ainda rindo, nas cadeiras de plástico e pedimos uma cerveja. A garrafa gelada suava com o calor e eu estalei os lábios com o frescor amargo da cevada.

Ficamos ali até anoitecer, bebendo, relembrando o passado e lamentando pela distância que seria inevitável. Nossa amizade sobrevivera a dois namoros e um reality show mas agora seríamos afastados. Em dois meses Fox estaria em Brasília, aluno do Instituto Rio Branco, terceiro secretário do corpo diplomático.

Já tortos, entramos em um táxi e fomos para a minha casa. Eu sacudi o braço de um Fox quase adormecido e fiz um pedido.

— Amigo, posso colocar uma música?

— Claro, meu mano.

Eu sincronizei o celular com o aparelho de som do táxi. A batida começou. Fox deu um grito de euforia. "Best of Both Worlds", o hino da Hannah Montana.

Abrimos as janelas, colocamos a cabeça para fora e gritamos a plenos pulmões a letra daquela que, definitivamente, era a nossa música.

Quando chegamos na frente de casa, deixei uma gorjeta polpuda como pedido de desculpas pelo escândalo e entramos tropeçando, um escorado no ombro do outro.

Sentado no sofá da sala, Mikhael me esperava, lendo um jornal e com as pernas cruzadas.

— Onde você estava?

— Ahhh, meu amorzinho, desde quando você se importa? — Sentei ao lado dele e o abracei. No jornal, ele lia uma matéria sobre si mesmo.

— Você tá fedendo a álcool, Tiago. — Ele me empurrou para longe. — E eu me importo desde quando você me faz perder um contrato! Você se esqueceu que tinha reunião hoje, Tiago? Sinceramente...

— Vai dormir, Mikhael! Me deixa ter um pouco, mas só um pouco de paz, tá bem?

— Você precisa crescer, moleque egoísta.

Mikhael largou o jornal no sofá e foi pisando duro até o nosso quarto, batendo a porta com força. Olhei para o lado e Fox já não

157

estava ali. Havia cambaleado até o fundo da sala e, com as mãos nos quadris e boquiaberto, encarava o mar de presentes embrulhados.

— Caraca, meu mano! Nunca vi tanto presente junto! Como é que vocês ainda não abriram? — Eu caminhei até Fox e repousei a mão em seu ombro.

— Sei lá, amigo, a gente não teve tempo. — Fox pegou um dos embrulhos e jogou de uma mão para a outra

— Quem não tem tempo de abrir presente, cara?

— Provavelmente vamos doar a maioria.

— Mas sem abrir antes?

— Bora abrir?

— Bora!

No auge dos nossos vinte e poucos anos, nos jogamos no chão com as pernas cruzadas e nos concentramos em rasgar aqueles embrulhos, revelando jogos de louça em prata, objetos de decoração, uma câmera instax, livros, relógios, roupa de cama...

— Amigo, olha isso.

Fox me entregou um CD com o embrulho rasgado. Eu terminei de arrancar o papel amarelo e apertei o objeto entre as mãos. Na capa, um homem vestido de branco com uma boina e os escritos *"bleachers — gone now"*.

No verso, havia um pequeno bilhete.

"Boa sorte e obrigado."

Embaixo da grafia, a assinatura d'*Ele*, o meu querido ex-namorado.

Eu fechei os olhos, sentindo o ar gelado entrar pelas narinas. Me apoiei em Fox, levantei e inseri o CD no aparelho de som. A banda, até então desconhecida por mim, começou a tocar.

Todas as lembranças do passado inundaram o meu cérebro de uma única vez, atraídas por aquela voz masculina e pelas quatro palavras no bilhete que eu segurava.

— Quer saber? Foda-se!

Eu me levantei, peguei o celular e liguei para *Ele*. Eu mordia a gola da camisa enquanto o telefone chamava e chamava, mas ninguém atendia.

Deixei o aparelho de lado e me joguei no sofá, a bunda amassando o jornal largado ali por Mikhael. Retirei o papel debaixo do corpo e meus olhos passaram ligeiros pela primeira página.

Foi quando vi o nome d'*Ele*.

O meu coração parou. Em seguida, bateu tão forte que eu o senti na garganta. Gritei por Fox, na esperança de que meu amigo constatasse que as palavras ali impressas não passavam de um delírio alcoólico. Mas o gogó dele subiu e desceu e ele não conseguia me encarar, as lágrimas escorrendo pelo rosto sardento.

— Não, não, não, não, não. Diz que é mentira, amigo. — Eu empurrei o peito de Fox com as duas mãos. — Porra, diz que é mentira Fox!

Meu amigo tentou me abraçar, mas eu desvencilhei. Agarrei o celular e telefonei para *Ele* outra vez e outra e outra.

Até que alguém atendeu.

— Quem fala?

Eu reconheci a voz de Maristela.

— É o Tiago. Eu posso falar com *Ele*?

Do outro lado, ouvi o som do choro de mãe.

O celular escorregou pela minha mão e se estatelou no chão.

Parecia que alguém socava meu estômago sem parar. Eu vomitei. Fox me abraçou, ignorando a sujeira. Eu apoiei meu rosto no seu ombro, abafei a cara na manga da camisa dele e gritei.

Ao redor, a banda Bleachers cantava para não levarem o dinheiro enquanto eu assimilava a notícia de que o meu ex--namorado fora assassinado.

Five hundred twenty-five thousand six hundred minutes
How do you measure the life
Of a woman or a man?

"Seasons of Love" — Rent

O café estava frio e eu bebi mesmo assim. Brígida sentou-se na minha frente, o chinelo torto no pé e os olhos com olheiras. Maristela estava trancada no quarto d'*Ele*, de onde não saíra desde o momento em que recebera a notícia do assassinato. Já a avó, Abigail, andava da cozinha para a sala e da sala para a cozinha, o celular apoiado na orelha, resolvendo as questões do enterro.

— ... Abigail foi quem reconheceu o corpo, eu não consegui, Tiago. Não fui capaz de ver o meu filho daquele jeito...

Brígida engoliu em seco. O corpo do meu ex-namorado ainda não havia sido liberado da autópsia e, mesmo com mais de 24 horas da sua morte, não recebera a permissão para o enterro. Minha visita era inoportuna, mas eu não conseguiria ficar parado naquela casa cênica da Barra da Tijuca, fingindo que nada tinha acontecido.

— Desculpa, viu? Eu não queria atrapalhar. Eu só quero que vocês saibam que se precisarem de alguma coisa, de qualquer coisa..

A porta abriu, o rangido interrompendo a minha frase. Um menino alto e moreno que eu nunca vira antes entrou carregando duas sacolas de supermercado. Eu tornei a encarar o meu café aguado.

— O que esse cara está fazendo aqui?

Surpreso, levantei a cabeça, percebendo que o recém-chegado estava se referindo a mim. Com a voz trêmula, Brígida respondeu.

— É o Tiago, Kalil. Um amigo da família. — Ela tornou a virar o rosto na minha direção. — Tiago, esse é o Kalil, ele é... — ela pressionou as pálpebras — ... ele era, o namorado d'*Ele*.

Kalil. Eu reconheci o nome, era o dono do blog onde meu ex-namorado postara o depoimento sobre a traição.

Então, *Ele* teve outro depois de mim. Poucas vezes eu me senti tão mesquinho quanto naquele momento, com ciúmes de um ex que estava morto.

Com as mãos trêmulas, depositei a xícara na mesa à minha frente, tirei um cartão do bolso e entreguei para Brígida. Ali estavam todos os meus contatos pessoais.

— Por favor, Brígida, me avisa quando souber o horário do velório.

— Pode deixar, meu filho, aviso sim. Vai com Deus, toma cuidado na rua.

Eu a abracei apertado, fui até a cozinha e me despedi de Abigail, ainda pendurada no telefone. Fui em direção à porta e Kalil veio atrás de mim.

Assim que a porta se fechou atrás de nós, o rapaz agarrou meu antebraço, cravando as unhas na minha pele pálida e me empurrando na parede.

— Você tá maluco, garoto?

161

Kalil se aproximou e o hálito cuspido no meio da minha cara fez meu olho lacrimejar.

— Você pode enganar elas, enganar o Brasil inteiro, mas você não engana a mim. Eu sei muito bem quem você é e o inferno que fez da vida d'*Ele*. Então eu só vou falar uma vez: não ouse aparecer no velório; não ouse dar as caras outra vez. Fica longe delas e nunca mais fala o nome dele. Entendeu? Se você aparecer outra vez eu vou te foder com muito prazer.

— Ameaça é caso de polícia. — Empurrei o braço de Kalil para longe de mim.

— Ótimo, então aproveitamos e vamos juntos, porque abuso sexual também é.

Atrás de nós, a porta do apartamento abriu. Kalil deu dois passos para trás. Eu passei as mãos pela camiseta, tirando o amassado. Maristela estava parada na soleira. Em seu corpo, uma muda de roupas do filho e na mão, uma caixa de papelão.

Ela se aproximou, indiferente à tensão que pairava no ar e esticou a caixa na minha direção.

— Acho que meu filho queria te entregar isso.

Kalil se inclinou, tentando ver o que tinha dentro.

— O que é isso?

— Cartas. Cartas que ele escreveu para você.

— Pra mim? — Eu abri a caixa e encontrei dezenas de envelopes selados, com o endereço do meu apartamento na Tijuca rabiscado com a letra d'*Ele*.

— Só cuida delas, tá bem? Foi a última coisa que *Ele* deixou.

Maristela começou a chorar novamente, o corpo com pequenos espasmos dos pés à cabeça. Brígida surgiu atrás da esposa, a envolveu em um abraço e, juntas, voltaram para dentro de casa.

162

— "Rosto mais lindo do Brasil." — Kalil deu uma risada. — Você sabe que só te acham bonito porque você é loiro e branco, né? Pessoalmente é bem sem gracinha.

Kalil entrou e bateu a porta do apartamento. Eu fiquei parado no meio do corredor deserto, com lâmpadas queimadas e poeira no ar, sustentando o peso das últimas palavras escritas por *Ele*.

Nas noites de frio é melhor nem nascer
Nas de calor, se escolhe: É matar ou morrer
E assim nos tornamos brasileiros

"O tempo não para" — Cazuza

Minha careca queimava com a fricção das unhas. No quarto escuro, fragmentos da pele fina do couro cabeludo voavam como poeira. Com os olhos inchados e as cartas jogadas ao meu redor, eu lia e relia as palavras que um dia virariam livro. Tudo estava ali, todas as impressões sobre o nosso namoro, sobre o término, sobre o abuso e sobre a vida que *Ele* levara em seus últimos meses... eu lia, relia, chorava e me flagelava, incapaz de me levantar.

Desde que eu voltara da casa das mães d'*Ele*, eu me trancara no escritório, ignorando as constantes batidas de Mikhael na porta, saindo apenas para mijar. Eu já começara a feder quando o celular vibrou com uma mensagem de Brígida.

O corpo havia sido liberado e o enterro seria naquele mesmo dia.

Eu deixei o cômodo para encontrar o meu marido parado na frente da televisão.

— Quando você ia me contar que esse menino era seu ex-namorado, Tiago?

Eu arranquei o controle remoto da mão de Mikhael e aumentei o volume da televisão.

Em um programa de fofoca, uma matéria exibia uma foto antiga onde eu posava com *Ele*. *"Tiago, ex-*Confinados, *namorou menino assassinado em caso de homofobia no Rio de Janeiro."*

A imagem mudou, mostrando cenas de protestos por todo o país, motivados pela morte d'*Ele*. Abigail surgiu na tela, cercada de repórteres, convocando as pessoas a irem para as ruas protestar contra o descaso pelas vidas de jovens LGBTQ+, jovens como o seu neto recém-falecido.

Outro corte, agora com imagens aéreas mostrando uma multidão com velas na mão, em uma vigília que iria até o cemitério do Caju.

Em tom de urgência, a repórter anunciou que haviam encontrado os suspeitos. Dois meninos brancos, héteros, moradores da zona sul. Estando drogados, haviam passado por *Ele* na saída de uma boate e decidiram fazê-lo pagar pela ousadia de ser e parecer viado.

Enquanto o mundo se mobilizava pela morte do meu ex--namorado eu era incapaz de sair do lugar.

Ignorando as perguntas de Mikhael, eu me tranquei no banheiro. Tomei um banho, liguei para o Fox e peguei o carro. Meu marido veio atrás de mim, perguntando onde eu estava indo e gritando que eu não poderia aparecer sozinho no velório, que ao menos deveria levar um segurança.

Do lado de fora do condomínio, repórteres esperavam, as câmeras quase arremessadas contra a janela do carro. Abutres ansiando por uma imagem da minha cara arrasada indo para o velório de um ex-namorado.

165

Cheguei no apartamento do Fox e agradeci por ele interromper a preparação da mudança para Brasília para me acompanhar ao cemitério.

— Tiago, você não deveria ter trazido alguém com você? Sei lá, você sabe como essas coisas podem ficar... e por Deus, coloca o cinto de segurança!

Eu não respondi e não coloquei o cinto, apenas dirigi, cada trecho das cartas ecoando na minha mente. A traição, o abuso, o ciúme... eu machucara *Ele* das mais profundas formas, e o mínimo que eu poderia fazer era ter a coragem de me despedir.

O cemitério estava inacessível, uma fileira de carros cobrindo a entrada. A multidão inundava a rua, com cartazes, flores e velas, impedindo a nossa passagem. Eu não chegaria a tempo.

— Fox, por favor.

Eu tirei a chave da ignição e joguei no colo dele.

— Tiago, você não pode entrar lá sozinho! Olha quanta gente tem aí, meu mano!

Fox se esgoelava enquanto eu escancarava a porta do carro vermelho e me lançava para fora, em direção à multidão que adentrava o cemitério.

Com a cabeça abaixada e óculos escuros, eu fui passando por entre os manifestantes. No céu, o sol brilhava, fazendo o suor colar a roupa na pele. Palavras de ordem eram entoadas pela multidão. O rosto d'*Ele* estava estampado em fotografias por todos os lados e repórteres se acotovelavam pelo espaço.

— Olha! Não é aquele menino?

Um rapaz apontou o dedo na minha direção e o burburinho se espalhou. Alguém segurou a manga da minha camisa; então o meu pulso; depois meu braço. Dois minutos depois, eu estava cercado.

Fotógrafos estouraram o flash na minha cara, perguntas foram gritadas, uma menina enfiou na minha frente a tela do celular com um dos artigos que *Ele* escrevera sobre o nosso relacionamento no blog de Kalil. Entre selfies, perguntas e xingamentos eu esqueci de respirar. O céu ficou escuro e a minha visão embaçou. Eu estava prestes a desmaiar.

Uma voz feminina surgiu na multidão.

— Me deixem passar! Me deixem passar!

Um vão se abriu e Abigail surgiu. As pessoas se afastavam conforme a imponente senhora se aproximava. Ofegante, eu me apoiei nos joelhos. A avó do meu ex-namorado segurou meu braço e, escoltado por ela, cheguei na capela.

Abigail não dirigiu uma palavra a mim, sequer olhou nos meus olhos, apenas me guiou até o espaço onde as despedidas estavam sendo feitas.

Refugiado em uma das quinas, eu não tive coragem de ir até o caixão, não fui capaz de ver o que o ódio fizera com as feições que um dia amei.

Com a cabeça abaixada eu acompanhei o sepultamento, envergonhado por nem ter lembrado de levar uma flor, ouvindo o som do choro de Maristela que ecoou do início ao fim, como um agouro.

Um ombro pressionou o meu. Eu levantei o rosto e vi Kalil parado ao meu lado. Encarando o horizonte, ele afirmou:

— Você vai se arrepender de ter vindo.

E assim foi. À meia-noite minha vida estava acabada. Naquele mesmo dia, Kalil cumpriu com sua promessa.

But I don't answer questions, I just keep on guessing
My eyes are still open, the curtains are closing

"A Thousand Times" — Hamilton Leithauser + Rostam

Depois do enterro, eu não conseguia falar, muito menos dirigir. Fox me deixou em casa, deixou meu carro na garagem e pediu um Uber para o seu apartamento. No dia seguinte embarcaria para Brasília, em direção à sua preparação para a carreira diplomática.

Mikhael não estava em casa. Eu mantivera o celular desligado durante o dia inteiro como forma de evitá-lo. Respirei fundo e liguei o aparelho.

Assim que a tela acendeu, milhares de notificações irromperam.

Eu não era capaz de deslizar a tela, o celular travara com aquela quantidade inédita de notificações. A enchente de mensagens me impedia de ler, mas não foi difícil identificar as palavras que apareciam em maiúsculas: "ABUSADOR", "AGRESSOR SEXUAL", "ASSASSINO".

Com o celular inutilizável, corri até o quarto e abri o notebook. Na minha caixa de e-mails encontrei um texto da minha assessora, de quinze minutos atrás, convocando para uma reunião emergencial. Abri outra guia, ainda procurando traduzir os sinais que não paravam de chegar.

Não foi preciso entrar em nenhuma das minhas redes sociais.

Na página de busca, lá estava a notícia com maior destaque, ilustrada por uma foto minha no meio do tumulto no enterro daquele mesmo dia: "EX-PARTICIPANTE DO *CONFINADOS* É ACUSADO DE ESTUPRO."

A reprodução de um vídeo iniciou automaticamente. Em menos de três horas desde a postagem, o conteúdo já tinha sido visto por meio milhão de pessoas. Com os olhos inchados e a mesma roupa que usara no velório, Kalil falava para a câmera. Abaixo eu reproduzi as principais partes do vídeo, que, no momento em que escrevo, encontram-se indisponíveis no YouTube.

"Oi, pessoal... é, alguns de vocês me conhecem pelo blog, outros não, mas vocês provavelmente ouviram falar do *Ele*, o menino gay que foi assassinado por um crime de ódio essa semana. — Kalil chora e continua com a voz embargada — *Ele* foi um grande amigo meu, até mais do que isso, e por esse motivo me sinto na obrigação de vir aqui defender a sua memória e alertar todos vocês sobre um assunto muito sério. Conforme veiculado, *Ele* teve um relacionamento com o Tiago, o famoso ex-participante do *Confinados* e contratado de uma grande emissora. Esse rapaz que se autointitula "defensor dos direitos humanos" e "ativista da causa LGBTQ+" é, na verdade, um oportunista e um abusador sexual. Ao longo do meu relacionamento com o *Ele* — Kalil começa novamente a chorar — foi confessado a mim uma série de traumas causados por esse Tiago. Agressão verbal, pressão estética, racismo, manipulação emocional e chegando ao ponto de uma agressão sexual. Sei que alguns de vocês vão falar que toda história tem dois lados, mas vocês estão errados. Um relacionamento abusivo não tem dois lados. Existe um abusado e um abusador e esse homem que muitos de vocês consideram um "ícone" não passa de um abusador. Para aqueles que duvidam do que digo, vou deixar que *Ele* fale por si mesmo. Esse é um áudio que recebi semanas antes do assassinato.

Em silêncio, Kalil tira o celular do bolso, aperta um botão e aproxima o aparelho da câmera. Eu estremeci quando ouvi a voz d'*Ele*.

"Eu não aguento mais, Kalil, não aguento mais ver o Tiago sendo tratado como ícone, pagando de bom moço, quando você sabe tudo o que passei por causa dele. Ele acabou com a minha vida."

O áudio termina e automaticamente a resposta de Kalil é reproduzida.

"Eu sei que é complicado, mas precisamos denunciar, o que esse sujeito fez foi um crime."

Mais uma vez, a resposta veio com a voz do meu ex-namorado.

"E quem vai acreditar que o queridinho do país foi capaz de abusar do ex-namorado, Kalil? Eu sou um ninguém."

Com os olhos marejados, Kalil torna a guardar o telefone. Após segundos em silêncio, continuou.

"E por isso, eu peço a ajuda de vocês. A família d'*Ele* está fragilizada, quer somente privacidade e justiça nesse momento, não vão tomar providências contra esse agressor maldito. Quem pode fazer isso, quem pode trazer justiça, são vocês. Por isso, eu peço que parem de segui-lo em suas redes sociais, boicotem os produtos e as marcas que o patrocinam, divulguem que um dos homens mais queridos do país não passa de um abusador. Eu preciso de vocês para mostrar que abusadores não passarão! Obrigado por me ouvirem. Vamos honrar a imagem do nosso amigo. É o mínimo que podemos fazer.

O vídeo acabou no exato momento em que um grito distante cortou a noite. Em seguida, o interfone tocou.

Creatures of my dreams raise up and dance with me!
Now and forever, I'm your king!

"Outro" — M83

Eu atendi o interfone, mas os gritos abafavam o som da voz do seu Manoel.

— Doutor Tiago, eu chamei a polícia, mas ainda não chegaram. Os seguranças do condomínio estão contendo a multidão aqui fora. Acho melhor o senhor ficar em casa.

Os berros de "abusador" e "agressor" que a multidão gritava do lado de fora do condomínio eram tão estridentes que ultrapassavam os muros da casa, chegando até mim. Meu celular continuava disfuncional. Procurei nas gavetas um dos aparelhos que tinha recebido de patrocinadores e telefonei para o meu marido.

— Mikhael, onde você tá? Isso que tá acontecendo, eu...

— Tiago, desculpa não ter falado nada. Mas todo mundo achou que era melhor eu sair de casa. Pelo menos até essa situação se resolver.

— Espera, o quê? Você saiu de casa, você... — Eu abri a porta do closet de Mikhael e encontrei somente duas camisetas furadas. — Você tá me deixando?

— Tiago, eu perdi quase um milhão de seguidores só na última hora! Você tem noção do que é isso, você tem ideia do que você fez com a gente? Eu não posso me dar ao luxo de ser visto com você!

— Você tá terminando o nosso casamento?

— Ainda temos muita coisa para acertar, mas no momento eu acho que o melhor a ser feito é você resolver isso sozinho. De qualquer forma, nossa assessora está indo até aí com um advogado e eu só te peço que, se for dar alguma declaração, só deixe certo que eu nunca soube de nada, que eu não sou conivente com...

Eu atirei o aparelho na parede, as peças se espatifando no chão. Os gritos chegavam até mim com mais força, encorpados pelo aumento constante da aglomeração.

O portão de casa abriu.

Eu espiei pela janela. Coberta com um casaco, Valentina caminhava a passos largos. Com as duas mãos ela empurrou a porta e irrompeu pela sala de estar.

— Faz a mala, vamos pra casa.

Atrás dela, uma fumaça preta subia no céu e o cheiro da fuligem chegava até nós.

— Vamos! Você não vai ficar sozinho aqui.

Desnorteado, eu balancei a cabeça e acatei, as palavras de Kalil no vídeo ainda ressoando dentro de mim. Joguei algumas mudas de roupa na mochila, levando junto a caixa de papelão com as cartas d'*Ele*. Entrei no carro vermelho e Valentina sentou-se ao meu lado, colocando o cinto de segurança.

Eu dei a partida.

A entrada do condomínio estava cercada por manifestantes, fotógrafos e repórteres, em uma multidão ainda maior do que aquela que eu testemunhara pela manhã no cemitério. Estendido por uma vara, um boneco de pano empalado era incendiado. No local onde deveria estar o rosto, um recorte da minha foto na capa da revista que, meses antes, havia me considerado o "rosto mais bonito do Brasil".

Eles identificaram o veículo e o cercaram como moscas em um cadáver. Eu não via nada na minha frente. Cartazes com escritos em guache e flashes de câmeras explodiam ao meu redor. Um ovo estourou no para-brisa e então outro e outro, pintando o vidro com branco e amarelo. Em seguida, depositaram sobre a gosma de claras e gemas uma cartolina branca com o escrito "ABUSADOR" em vermelho.

Minhas unhas estavam presas no volante. Eu cravei os dentes no meu lábio inferior e abaixei a cabeça. Eu deveria ficar ali, deveria deixar que fizessem o que quisessem comigo. Aquelas palavras, todas elas, eram verdadeiras, eu era mesmo tudo aquilo, merecia ser linchado.

Apoiei o rosto nas mãos e gritei enquanto murros e cuspes atingiam as janelas. Um dos retrovisores fora arrancado e agora o usavam para arranhar a lataria. Os seguranças do condomínio puxavam e batiam nos manifestantes, inflamando ainda mais o ódio contra mim. Não havia nenhum sinal da polícia.

Valentina puxou a minha cabeça e virou a mão na minha cara pela segunda vez na vida.

— Dirige, Tiago.

— Eu mereço, eu mereço, acabou, tá tudo acabado... — balbuciei, aos prantos.

— Para de ter pena de si mesmo! — Eu levantei o rosto com o grito dela. — Você vai enfrentar e pagar pelos seus erros, mas não vai ser aqui, nem agora, nem desse jeito. Dirige essa merda!

Eu respirei fundo e sentei o pé no acelerador. Com o susto, as pessoas se afastaram, algumas caindo para trás. Acionei o para-brisa, que jogou para longe o papel e parte de gosma e casca de ovo que atrapalhavam a minha visão.

Por um momento pensei que tivesse me livrado deles. Aos poucos, minha respiração voltava ao normal. Eu abaixei as janelas para deixar o vento entrar.

Mas sem os retrovisores laterais, eu fui pego de surpresa. Só percebi que estávamos sendo perseguidos quando pararam ao nosso lado e fiquei encurralado entre dois carros pretos. De dentro de cada um deles, um fotógrafo se precipitava, o tronco quase para fora da janela, registrando a desgraça.

Eu acelerei.

Eles aceleraram.

Valentina apertou a minha mão.

— Vai devagar, filho!

Eles estavam me alcançando, a câmera ainda apontada na minha direção, ainda fotografando.

Eu acelerei ainda mais.

— Coloca o cinto e desacelera isso, Tiago!

Eu desacelerei e novamente se aproximaram. Fechei a janela, mas ainda ouvia as perguntas gritadas vindas dos carros.

— As acusações são verdadeiras? É por isso que você está fugindo? Você estuprou o seu ex-namorado?

Eu joguei tanta força no meu pé direito que o acelerador raspou no chão do veículo.

— Diminui a velocidade, Tiago! Desacelera!

Entramos no túnel Rebouças, os paparazzi incansáveis em nosso encalço.

Eu pressionei o acelerador uma última vez.

Eu perdi o controle.

O carro desviou para a esquerda, girou na pista e colidiu contra o muro de concreto da galeria do túnel.

Meu corpo foi arremessado, estilhaçando o vidro da dianteira e parando inerte no chão de concreto.

PARTE 4

PARTE 4

Give me some morphine
Is there any more to do?

"Meet Me in The Hallway" — Harry Styles

— Você teve sorte Tiago, poderia ter sido muito pior.

Foi a primeira coisa que ouvi de Sandra, uma médica negra com os olhos sanpaku que me acompanhou no tempo que passei no hospital.

Eu discordava.

Quando eu fora arremessado pelo vidro do carro, os cacos explodiram na minha face, penetrando e cortando a pele do rosto. Ao bater no chão, meu nariz colidiu com o concreto, sendo quebrado e amassado.

O outrora rosto mais lindo do país encontrava-se desfigurado e com a pele recoberta por faixas. Naquele momento eu ainda não sabia da dimensão dos ferimentos.

Pior do que a dor, eram os pesadelos. Eu dormia depois da dose de morfina para cair em um mundo de repetição eterna das palavras nas cartas d'*Ele*. Então eu acordava, as alcançava na mesa de cabeceira e tentava lê-las, sendo impedido pelo estado quase decrépito do meu corpo.

Durante todos aqueles dias, Valentina, que não precisara ser internada, tendo apenas alguns ferimentos superficiais, dormira ao meu lado. Além dela, recebi visitas de Fox, de Etienete, de Monique, meu irmão e até do meu pai.

Quando me foi permitido acesso ao celular, eu me deparei com mensagens como "bem feito", "deveria ter você no lugar dele", "nem morrer consegue".

Excluí todas as minhas redes sociais.

Monique me ofereceu ajuda para cuidar das questões legais, que começariam na separação e iriam até rescisões de contrato. Eu assinei uma procuração, concedendo a ela plenos poderes para resolver tudo em meu nome.

No meu último dia internado, Brígida apareceu no meu quarto. Ficamos os dois ali em silêncio, até que ela perguntou:

— É verdade?

Eu balancei a cabeça em afirmativa, meu rosto sob as faixas contorcendo-se em uma nova careta de choro. Eu ouvia o som da respiração dela, o peito subindo e descendo.

— Eu te defendi, sabia? Eu disse para a minha esposa que não tinha como, que você nunca faria aquilo... — Eu fitava os lençóis brancos que me cobriam. — Como você teve coragem?

Eu encarei Brígida e pedi pelo seu perdão, perguntando o que podia fazer para que me perdoasse, que ela poderia me pedir qualquer coisa, que eu estava pronto para fazer absolutamente qualquer coisa para me redimir.

— Tiago, um homem como você... branco, rico, bonito... você aprendeu a vida toda que basta pedir, né? Depois de tudo isso, você realmente acha que pedir perdão vai ser o suficiente?

— Eu não sei o que fazer...

— Não tem o que fazer! Você vai ter que conviver com isso. Mas você vai viver. Mais um privilégio que você teve e meu filho, não.

Brígida colocou a bolsa no ombro e foi em direção a saída.

— Espera!

Ela parou, eu me inclinei e alcancei o bolo de cartas.

— Acho que seria melhor ficar com vocês...

— Elas estão com o seu nome, então são suas. Faça algo de bom com isso.

But the film is a saddening bore
'Cause I wrote it ten times or more
It's about to be writ again
"Life on Mars" — David Bowie

Parado na frente do espelho do banheiro, eu desenfaxei o rosto. Com o dedo indicador, tracejei as cicatrizes ainda úmidas, espalhadas por toda a face. Ainda havia alguns pontos e o nariz ainda era um grande tufo de esparadrapos. Eu cobri o espelho com uma toalha e escovei os dentes.

A campainha tocou e Valentina atendeu. Monique entrou, perguntando se eu já estava pronto. Com a cabeça abaixada, alcancei as muletas que repousavam na parede e saí do banheiro. Valentina veio em minha direção, beijou a minha testa e desejou boa sorte.

— Monique. — Fiquei tenso com o que Valentina falaria em seguida. — Obrigado por cuidar do meu filho.

Elegante em seu terno caro, Monique assentiu e eu segui com ela em direção ao encontro mais importante que eu teria desde o acidente.

Vinte minutos depois, estávamos na frente do mesmo restaurante onde um dia eu celebrara o meu aniversário em uma época que parecia outra vida, com outro Tiago e com *Ele* ainda ao meu lado.

Eu balancei a cabeça e sequei com o antebraço a lágrima solitária que brotou. Monique apertou o meu ombro direito. Eu respirei fundo e entrei mancando no restaurante.

Depois de dezenas de ligações de Monique, Brígida e Maristela haviam aceitado encontrar conosco para ouvir a proposta do projeto que eu vinha montando desde que saíra do hospital, enquanto acompanhava as notícias do julgamento do assassinato do meu ex-namorado.

Eu as avistei em uma mesa dos fundos. Conforme me aproximava, os demais clientes não disfarçavam enquanto me encaravam. Eu não sabia distinguir se a curiosidade vinha das cicatrizes, do uso desajeitado da muleta, do nariz deformado ou do reconhecimento de quem eu era.

Pois, naqueles dias, eu vinha aparecendo na mídia diariamente.

Fosse sobre a minha aparência após o acidente em manchetes como "O PRÍNCIPE VIROU SAPO"; sobre a recusa das mães do meu ex-namorado em abrir um processo contra mim; sobre a multa milionária que eu tivera que pagar para uma série de ex-contratantes ou sobre o divórcio que acabou com quase todas as minhas finanças. Era impossível me livrar da alcunha de figura pública, ou melhor, de inimigo público, e retornar a minha rotina normal.

Parecia que eu era mais odiado do que os assassinos d'*Ele*. Eu entendo, o prazer de testemunhar a decadência de quem estivera no topo é primitivo, é orgasmático.

Então eu decidi que deveria me aproveitar disso.

Com Monique como interlocutora, abordamos uma grande editora e conversamos sobre as cartas deixadas para mim por *Ele*.

A proposta de publicação havia alcançando os seis dígitos, já com perspectiva de venda para o mercado norte-americano. Mas eu não faria nada sem a autorização de Brígida e Maristela.

Alcançamos a pequena mesa. Minha mão suava quando eu a esterdi para cumprimentá-las, mas elas a ignoraram, dirigindo-se somente a Monique.

Objetiva e profissional, minha madrasta-advogada tirou a documentação de sua pasta e explicou a proposta e os detalhes para as mães d'*Ele*. Maristela a interrompeu.

— E quem disse que eu quero usar a maior tragédia da minha vida como forma de ganhar dinheiro? — Maristela se inclinou na minha direção, quase sentando na beirada da cadeira. — Você tem que ter muita cara de pau para nos procurar depois do que fez, né? Eu aceitei esse encontro porque eu queria olhar na sua fuça e te dizer que você é um verme e que agora tem a aparência que merece.

— Eu entendo, Maristela...

— Você nunca vai entender o que é perder um filho, seu playboy de merda! E agora ainda tem a coragem de me mostrar essa sujeira, de se aproveitar da morte dele para fazer dinheiro?

— Não é pelo dinheiro.

— Pelo que, então? — O murro que acertou na mesa foi tão forte que a garrafa de água caiu.

— Pela memória dele, pelos outros jovens que estão aí. Essas cartas mostram toda a potência do seu filho, tudo que ele tinha para viver e fazer e como isso foi arrancado por esses caras que ainda podem sair impunes. Essas cartas podem mudar a vida das pessoas.

— Você é sempre um oportunista, né? Todo quebrado, todo ferrado e continua querendo se fazer nas costas dos outros. Você deveria se envergonhar! — Brígida segurou a mão da esposa.

184

— Amor, talvez a gente possa refletir melhor...

— Você está do lado deles?

— É claro que não, minha vida, claro que não. — Brígida abraçou Maristela. — Mas eles têm um ponto. Podemos usar esse dinheiro para tocar aquela ideia da instituição, impedir que o que aconteceu com nosso anjo aconteça com outros...

— Não, Brígida! Não e não. Eu não quero ter nenhuma relação com esse tipo de gente. Vamos embora, foi um erro vir aqui.

Elas se levantaram e partiram. Monique me envolveu com o seu braço.

— Elas precisam de mais tempo, Tiago, e elas estão certas, você sabe disso, né?

— Eu sei.

Duas semanas depois do encontro, eu jogava uma partida de buraco com Loreta, Valentina e minha avó. As cicatrizes no meu rosto estavam menos evidentes, mas, ainda assim, visíveis. Com a fisioterapia, minha perna doía cada vez menos e a dificuldade para caminhar também diminuíra. Meu novo celular de flip tocou, interrompendo a partida. Era Monique, dizendo para que eu ligasse a televisão.

O som do boletim de emergência me arrepiou. Na frente do tribunal de justiça, um repórter anunciava que os assassinos d'*Ele* haviam sido absolvidos. A imagem dos meninos loiros de olhos claros entrando em uma Mercedes tomou conta da tela.

Eles se pareciam comigo.

Na manhã seguinte, recebi uma outra ligação.

— Nós vamos aceitar a proposta e publicar as cartas. Mas você está proibido de voltar a mencionar o nome do meu filho.

Pode esperar
O tempo nos dirá
Que nada como um dia após o outro

"Um dia após o outro" — Tiago Iorc

O livro *Querido Ex,* foi publicado pela primeira vez em 2019, vendendo duzentos mil exemplares antes do fim do ano, número que em breve chegaria na casa dos milhões. Com o dinheiro, Brígida e Maristela colocaram de pé aquela que hoje é a maior instituição de proteção a jovens LGBTQ+ do Brasil incidindo politicamente de formas que eu nunca seria capaz.

Com o tempo, o ódio nacional contra mim foi se arrefecendo. A eleição chegou, um quase ditador subiu ao poder e o Brasil tinha tópicos mais relevantes para debater do que a vida de uma ex-subcelebridade. Vivendo dos espólios que restaram da época da fama, eu troquei de cidade e me mudei para um apartamento pequeno na Avenida Paulista, e, logo depois, me engajei em uma breve jornada política.

No início de 2022, fui convidado para escrever o posfácio de uma nova edição do livro. Com a autorização das mães d'*Ele,* que haviam assinado o prefácio da primeira edição, eu escrevi o texto.

Pela terceira vez, eu cometi o mesmo erro.

Animado pela perspectiva de voltar à ativa como candidato à deputado federal por um pequeno partido de esquerda, eu usei o espaço proporcionado pelo livro para convocar a população para as eleições. Aquilo foi um combustível que reacendeu o fogo do ódio pelas minhas ações do passado, sinalizando o oportunismo que consistia na minha instrumentalização da morte do meu ex-namorado para ganhar votos nas urnas.

Mais uma narrativa de um homem branco utilizando a vida de um homem negro em benefício próprio. Mais uma vez, o menino preto morrendo para redimir o rapaz branco.

Se vocês me perguntarem qual era a intenção por trás daquele texto, eu não vou saber responder. Eu realmente não sei. Usá-lo para voltar a ganhar relevância não foi a minha intenção inicial, mas, depois de um tempo de terapia, eu também tenho ciência que é algo que estava ali.

Mesmo cancelado, eu ainda tinha os mesmos privilégios e certas coisas não mudam da noite para o dia, não mudam com um acidente, ou com a tragédia que acomete uma pessoa querida. Para que ocorra a mudança, é preciso tempo. Então, sim, eu utilizei a morte do meu ex para tentar vencer uma eleição.

Mas depois do escândalo, fui expulso do partido e fui obrigado a entender de uma vez por todas que a minha jornada deveria ser traçada longe dos holofotes.

Um dia, recebi a visita do Fox, que, para minha surpresa, continuara ao meu lado mesmo após todo o espetáculo da exposição dos meus podres e da publicação das cartas. Depois de cumprido o tempo servindo em Brasília, ele fora convocado para a embaixada em Portugal. Ciente do ócio dos meus dias, meu amigo me convidou para ir com ele, e eu não tinha nada a perder.

Eu aceitei.

Antes da mudança, voltei ao Rio uma última vez.

Me despedi de Valentina, joguei uma última partida de buraco com minha avó e fui até a região dos Lagos passar um final de semana com Monique, que se mudara para Rio das Ostras após a separação de Otaviano, a quem eu não visitei e cujas mensagens seguem não visualizadas no meu celular. Quem sabe nos próximos trinta anos eu tente resolver essa questão.

No meu último dia no Brasil, fui até o cemitério do Caju fazer o que eu não tinha tido a coragem de fazer até então. Sob o intenso sol carioca de janeiro, caminhei até a lápide do meu querido ex com um buquê de girassóis nos braços. Fiquei um tempo parado, lendo o nome dele e observando o caminho do suor que brotava nas minhas têmporas e caía no asfalto, evaporando e unindo-se aos eternos fluxos e ciclos do universo. Em algum lugar no mundo, o meu suor encontrava com *Ele*.

Eu repousei as flores na frente da lápide e parti.

Can't I just turn back the clock?
Forgive my sins
I just wanna roll my sleeves up
And start again

"Start Again" — OneRepublic

Parado na área de embarque do aeroporto Humberto Delgado com uma plaquinha improvisada na mão, eu esperava por Valentina e Etienete. Já fazia quase um ano desde que eu me mudara, quase um ano desde a última vez em que as vira.

A pequena multidão deslizou para fora da área de embarque. Elas estavam entre as primeiras. Juntas, Valentina e Etienete me abraçaram. Minha avó estava mais velha e o cabelo de Valentina começava a se enrolar em sua recém-iniciada transição capilar. Com cada uma agarrada em um dos meus braços, tagarelando sem parar sobre a viagem e a comida fria da companhia aérea, saímos do aeroporto.

Abri a porta do carro alugado e encaixei as malas na parte traseira. Etienete se esgueirou para o banco traseiro e eu sentei no do motorista.

— Tudo bem, Valentina?

Parada do lado de fora com os braços colados ao corpo, Valentina encarava o volante.

— Tem certeza, filho? Não é melhor a gente...

Ela tentou disfarçar mas pude ver quando encarou o meu rosto, o cabelo que crescera e já se encontrava na altura do ombro, e que cobria as cicatrizes que permaneceram nas minhas têmporas e bochechas.

Eu afastei a mecha loira com os dedos, prendendo-a atrás da orelha direita, expondo as marcas que eu já não me importava em esconder.

— Tenho, sim, já estou dirigindo há um tempo. — Puxei o cinto de segurança. — Pode entrar.

Valentina entrou no carro e partirmos.

Não fazia muito tempo desde que eu voltara a dirigir. Por insistência de Fox, assim que eu chegara em Portugal procurei uma psicóloga, e, em seguida, um psiquiatra. Dizer que eu virei uma nova pessoa seria um exagero mas encarar o processo dolorosamente catártico da terapia foi me ajudando a encarar alguns traumas e a entendê-los como tais.

Algumas coisas, como a autoflagelação do meu couro cabeludo e a superação do medo de dirigir após o acidente, estavam controladas; outras, como minha relação com Otaviano, meu ego incontrolável e o remorso pela morte d'Ele, ainda eram um trabalho em progresso.

Mas algumas coisas são assim, né? Não existe cura, não existe resposta, não existe solução, existe somente trabalho diário.

Mas também tinham pontos nebulosos, como Valentina. Tudo acontecera tão rápido que, apesar de eu ter morado com ela por um tempo após o acidente, não tivemos tempo necessário para trabalhar as nossas questões. Duas décadas de esqueletos guardados no armário não são expurgados com um corpo atirado de um carro, por mais que eu gostaria que fosse. Apesar de doloroso, seria muito mais fácil.

Tendo iniciado o processo de cura, eu estabeleci para mim mesmo que me resolver com ela seria o próximo passo. Foi por esse motivo que comprei uma passagem como presente de aniversário. Etienete decidira ir junto e lá estávamos nós, debatendo as chances de minha avó sair vitoriosa do campeonato nacional de buraco que aconteceria em São Paulo no mês seguinte.

— Você também entrou nesse vício da jogatina, Valentina?

— Soraya, filho.

— Oi? — Ela tirou um documento da carteira onde estava o seu nome, Soraya Valentina. A breguice me emocionou.

— Eu consegui alterar na semana passada... foi a forma que encontrei de honrar a sua avó, sua outra avó.

Etienete se meteu com a voz esganiçada:

— Tu entendeu alguma coisa dessa merda, Tiago? Por que ela veio tentando me explicar desde o Rio e eu entendi foi porra nenhuma.

Rimos os três e, mesmo quando os ânimos acalmaram, o sorriso continuou no meu rosto, o contentamento do fato de saber que, a despeito do nível de bizarrice da história de Valentina, ou melhor, Soraya, ela também estava avançando em sua própria jornada. Pela primeira vez em muito tempo, eu senti orgulho dela. Não éramos tão diferentes e naquele momento, foi bom perceber isso.

Chegamos no meu apartamento na Marquês de Pombal, onde tínhamos uma vista privilegiada do Jardim das Amoreiras. A aquisição havia sido o último resquício da fortuna que um dia eu possuíra e não me arrependia de nenhum dos euros investidos no lugar.

Apesar de pequeno, eu finalmente tinha um apartamento que era a minha cara. Não havia quadros, somente os pôsteres dos filmes da Sofia Copolla e da Greta Gerwig, assim como as fotos emolduradas que eu tirara ao lado das minhas drag queens favoritas. Também não tinha televisão, somente um computador que eu usava para dar aulas on-line de inglês para alunos portugueses e aulas de português para alunos ingleses.

Eu ainda sentia saudades do Brasil, principalmente do Rio de Janeiro, onde tudo era melhor e mais bonito. Não queria, e ainda não quero, que Portugal seja o meu destino final mas, por enquanto, a paz que eu preciso está aqui. Ainda não tenho forças para encarar as memórias que o Brasil traz.

Etienete largou a mala no meio do apartamento e foi para a cozinha, onde encontrou uma garrafa de vodca e preparou um drinque com anis-estrelado e groselha. Parecia que eu estava bebendo o mijo de um unicórnio. Era delicioso.

Fox chegou ao anoitecer, havia encontrado uma brecha em sua agenda na carreira diplomática para dar um beijo em vovó e Soraya. Com as bebidas na mão, ficamos os quatro sentados na varanda do apartamento, rindo e olhando para o céu estrelado de Lisboa.

Passamos duas semanas nesse ócio contemplativo que me aquecia a alma e, quando chegou o dia da volta, eu me senti como aquela criança que chorava quando dava a hora do Caíque ir embora da minha casa na época do colégio. Eu queria que elas ficassem por mais tempo, e fiz o pedido a elas.

Etienete tinha a final de seu campeonato de buraco, do qual inclusive sairia vitoriosa, e foi irredutível. Mas, para minha surpresa, Soraya aceitou.

192

— Tipo, não precisa ser pra sempre, óbvio, você tem seu emprego, mas acho que seria bom... pra gente, ficar um tempo junto, longe daquilo tudo...

Três meses depois, Soraya havia conseguido um trabalho em um salão perto da minha casa e a cada dia sua companhia me agradava mais. A cada dia, eu descobria mais sobre ela, sobre as histórias de sua infância, sobre momentos do casamento com Otaviano e sobre a sua jornada de busca da família que ficara para trás. E a cada dia ela descobria mais sobre mim, sobre o meu namoro com *Ele*, sobre os dias de fama, sobre o remorso, a dor e a culpa.

Não tinha uma grande lição, não tinha um motivo maior, afinal éramos duas pessoas ainda quebradas tentando se encontrar e crescer no mundo. Tudo que eu recebia e tudo que eu oferecia era a escuta, e a escuta de Soraya foi o que eu sempre precisei para sentir que, de fato, ela era a minha mãe.

Não vê que você já tá diferente
E isso faz todo sentido agora
Mais tempo
Pra pôr as coisas todas no lugar
Por tanto tempo
Pra debulhar aquela poesia
Passar o fim de tarde com o cachorro
Mais tempo
Pra não perder a hora de chegar

"Calma" — Maglore

Monique veio para Portugal me visitar durante as férias de meio de ano de Otaviano Junior. A euforia em recebê-la se misturava com a reticência com a reação de Soraya em conviver no mesmo espaço por quase um mês com a minha madrasta e meu irmão.

Mesmo na convivência forçada dos dias em que Monique me auxiliara nas questões legais, o desconforto era tangível nas conversas que se resumiam aos cumprimentos secos e comentários sobre o tempo. Quando contei que Monique passaria um tempo conosco, tive que repetir a mesma frase outras duas vezes, já que Soraya não esboçou nenhuma reação.

Era um dia de verão, de sol forte e suor na nuca, quando eles chegaram. Valentina estava no trabalho e recepcionei Monique com suas tranças laranja e Otaviano Júnior com seu vestido em tons pastel. Tendo herdado a pele retinta da mãe, os outros traços de meu irmão se assemelhavam cada vez com os meus.

Monique me abraçou, eu a levantei no colo, comemorando, e meu irmão agarrou as minhas costas, em uma facilidade genuína de demonstrar afeto, que na idade dele eu nunca recebera. Eu abaixei, ficando de joelhos na altura de Otaviano Júnior.

— E aí, Otavianinho, o que você tá a fim de fazer? Tomar sorvete? Comer bolo? Ir no cinema?

— É só Vi, irmão.

Monique apoiou a mão no meu ombro e comentou:

— Seu irmão prefere ser chamado só de Vi, Tiago.

— Perfeito! Vi, o que você tá a fim de fazer hoje?

A porta abriu e Soraya entrou. Com a cabeça baixa e os cabelos encaracolados após o fim da transição capilar, ela apertou a mão de Monique e foi para o quarto.

— Desculpa por isso, sabe como ela é…

— A gente vai se acertar. Vamos tomar aquele sorvete então?

Naquele mesmo dia, Valentina preparou um jantar para nós quatro. Vi dormiu logo, permitindo que bebêssemos taça atrás de taça de vinho.

— Tiago, você viu que tão falando sobre você?

— Ai, meu Deus, Monique, tem um motivo pra eu não ter televisão e andar com um celular de flip! Mas conta, vai.

— Não é nada de mais. Mas parece que estão organizando uma edição comemorativa do *Confinados*, só com ex-participantes "polêmicos", e eu vi uma dessas blogueiras aí falando que você está sendo cotado.

— Não tô sabendo de nada...

— Tá, mas se te chamassem, você aceitaria?

Eu esbarrei na garrafa de vinho, derramando o líquido tinto na toalha de mesa branca. Corri para a cozinha, procurando um pano para limpar a lambança, perguntando a mim mesmo se eu passaria novamente por tudo aquilo, se eu voltaria para o reality show e para tudo que vinha com a exposição.

Quando voltei para a mesa, não compartilhei a minha resposta pois as duas estavam mergulhadas em uma conversa particular.

— ... eu preciso te pedir perdão, por tudo, Monique. O que eu fiz com você...

— Ei, ei. O que importa é o que a gente vai fazer agora, tudo bem? Esse encontro pode ser uma nova oportunidade para nós duas. Vamos começar do zero, Valentina?

— Soraya. Meu nome é Soraya....

— Soraya?

Durante as duas taças seguintes, Valentina contou a história de sua vida.

— Minha mãe, Sebastiana, era uma mulher negra, sabe? Por isso que meu cabelo é assim... a forma que eu tratava você tinha muito a ver com...

— Pera, pera pera. — Monique terminou sua taça em um gole só, com o dedo indicador levantado no ar, pedindo o silêncio. Ela estalou os lábios e continuou. — Você sabe que ter uma mãe negra não te torna negra, né? Isso não muda quem você é aos olhos da sociedade e não justifica as merdas que você falava pelas minhas costas. Não vem usar isso pra ficar bem com sua consciência, não, senhora!

— Em vez de começar do zero, podemos começar do menos um então, Monique?

— Acho que no seu caso vai ter que ser menos dez, Soraya. Mas eu sou didática, a gente chega lá.

Monique segurou a mão de Soraya e eu terminei a noite bêbado e feliz por estar junto da minha família.

You broke the bonds
and you loosened chains
carried the cross of my shame, of my shame
You know I believe it
But I still haven't found
What I'm looking for

"I Still Haven't Found What I'm Looking For" — U2

O Parque das Nações estava apinhado de famílias, crianças e cachorros. Ao lado de Monique, eu estava dando uma de guia turístico, falando da estrutura criada para a Expo98, das esculturas sob o céu e do famoso teleférico. Como uma criança, ela apertou o meu braço.

— Tiago do céu, vamos no teleférico?

— Vamos!

Corremos em direção à grande fila de turistas que esperavam para comprar os ingressos, ansiosos por uma volta pelo céu de Lisboa.

— Será que eles estão de boa?

— Vi e Soraya? Relaxa, Tiago, Vi se dá bem com qualquer um.

Foi quando eu ouvi a voz que pensava ter esquecido. Mais grave, sim, mas ainda assim era a mesma voz, uma que eu reconheceria em qualquer lugar.

Meu coração acelerou e um arrepio subiu pela espinha chegando até a nuca. No mesmo instante o suor começou a brotar por toda a extensão da minha pele. Eu não pensei duas vezes e me virei na direção do som.

Ali, a centímetros de mim, estava ele.

Mais alto do que eu, o rosto coberto por uma densa barba e a cabeça careca brilhando no sol, mas ainda assim eram os mesmos lábios grossos, o mesmo nariz grande e arredondado e os mesmos olhos pretos. Percebendo o meu olhar, ele me encarou. Em toda a minha vida, eu jamais vira alguém tão bonito.

— Posso te ajudar com alguma coisa?

A voz macia despertou em mim um desejo que havia muito tempo eu não sentia.

— Eu sei que vai parecer estranho, mas acho que eu te conheço...

— Desculpa, meu querido, mas eu não estou lembrando...

— Tá, pode ser que eu esteja louco, mas meu nome é Tiago e eu tenho quase certeza que o seu é Caíque e que estudamos juntos no Santo Agostinho, no Rio de Janeiro.

— Tá de sacanagem? — Ele me olhou de cima a baixo. — Tiago? Que morava na Urca? Das partidas de video game?

— Isso, isso! Caralho!

Ficamos os dois parados, sem reação. Eu queria abraçá-lo, queria beijá-lo, saber de tudo que tinha acontecido desde que fora expulso da minha casa, da minha vida.

Mas eu não tive tempo. No instante seguinte, um homem negro de bochechas largas e cabelo farto, de mãos dadas com uma menininha, surgiu ao seu lado. Eles deram um demorado beijo na boca.

— Amor meu, esse aqui é o... desculpa, sou péssimo, qual o seu nome mesmo?

— Tiago!

— Isso, Tiago! Um amigo de infância, olha que loucura, encontrar ele logo aqui... — O marido de Caíque apertou a minha mão, me oferecendo o sorriso mais brilhante que eu vira nos últimos tempos. — E essa aqui é a Luciana, nossa princesa! Dá ci pro amigo do papai, filha! — A menininha me deu um cumprimento tímido e abraçou a perna do pai.

— Vocês ainda vão ficar muito tempo aqui?

— Só até quarta. As aulas da Lu começam na semana que vem...

— Querem anotar meu número? Eu estou morando aqui na Marquês de Pombal, podemos marcar um almoço antes de vocês voltarem, vai ser um prazer!

— Claro querido, perfeito! Né, amor meu?

O casal deu um outro beijo carinhoso, para então salvar o meu número.

Monique chamou a minha atenção colocando a mão em meu braço, havia chegado a nossa vez. Enquanto eu comprava os ingressos, escutei o marido de Caíque perguntando se eu não era "aquele menino do reality show que abusou do namorado".

Juntos na cabine do teleférico, Monique e eu testemunhamos do alto o anoitecer da cidade. Os raios do sol refletidos no rio Tejo pintaram as águas de azul escuro, depois amarelo e finalmente laranja, para então partirem deixando tudo escuro.

A primeira coisa que ouvi foi o som seco do corte da lâmina. Abrimos a porta e encontramos Vi, sentadinho em uma cadeira no meio da sala do apartamento. Atrás dele, Soraya manejava sua tesoura dourada dando um corte no cabelo do meu irmão. Ao ver a mãe, Vi abriu os braços.

— Olha que bonito, mamãe, tia Soraya tá cortando meu cabelo!

— Mas você tá ficando a coisa mais linda desse mundo!

Monique foi na direção do filho e o abraçou. Atrás deles, Soraya esfregava as costas da mão no rosto. No meu bolso, o celular vibrou. Peguei o aparelho e vi que a chamada era do Rio, mas eu não reconhecia aquele número.

— Alô, Tiago? Tudo bem com você, meu queridinho? Quanto tempo que a gente não se fala! — Fechei os olhos enquanto, do outro lado da linha, Abikanili floreava suas palavras até chegar ao motivo da ligação. — ... imagino que você provavelmente já esteja sabendo da nova edição...

— Não, não soube.

— Então, estamos preparando uma nova edição do *Confinados*, somente com ex-participantes, e queríamos ter você mais uma vez conosco! E, olha, além da possibilidade do prêmio e de voltar pra mídia, dessa vez tem um cachê farto, afinal, você ainda é uma subcelebridade. O que me diz?

Eu fiquei em silêncio, o coração batendo na garganta. Não percebi Soraya chegando do meu lado e apoiando a mão no meu ombro, querendo falar comigo.

— ... só um minutinho, Abikanili. — Baixei o celular, olhando para Soraya.

— Eu posso cortar o seu cabelo, filho?

Eu virei de costas para Soraya e tornei a levar o celular até a orelha.

— Eu agradeço, mas não tenho interesse. Obrigado e boa sorte.

Desliguei o celular e caminhei até a cadeira, ainda com os vestígios do cabelo do meu irmão. Soraya parou atrás de mim e massageou a minha cabeça e os fios compridos que já chegavam ao ombro.

Uma lágrima vinda dela caiu no meu rosto. Eu segurei a mão envelhecida e, ainda olhando para a frente, falei:

— Obrigado, mãe.

Minha mãe apertou a minha mão com força, beijou a minha testa e levou a tesoura dourada até os meus cachos loiros.

Agradecimentos

Luciana Patricia, este livro não existiria sem você. Obrigado pela atenção e carinho com cada vírgula da história, pelas infinitas pesquisas de datas para a timeline e por sempre me fazer acreditar que o "não" é presságio do "sim" que tanto espero. Não é que você estava certa?

Rafaella Machado, você é a editora dos sonhos de qualquer autor; sou eternamente grato por você ter acreditado em mim e no potencial dos meus queridos e malditos ex. Trabalhar com alguém tão apaixonada por histórias é um aprendizado e também a parte mais divertida dessa aventura insana que é publicar um livro. Um muito obrigado superespecial também para todos os profissionais da Galera Record, em especial Ana Rosa, Everson e Stella, que trabalharam com um esmero animador no *Maldito Ex,*.

Rosimery Jullian, Georgete, Osvaldo e Ana, vocês são o combustível que me permite viver de histórias. Este e todos os meus trabalhos só existem por e para vocês. Obrigado por me permitirem sonhar.

Pedro Toth, Mayara Baiao, Lany, Kelly Liu e Bruno Raposo (que emprestou o nome pra um personagem deste livro): a caçamba de lixo VIVE, eu amo vocês, muito! Lorrayne, Akemi Júlia e Ágatha, obrigado por acreditarem nesses livros desde o primeiro momento. Rogério, sigo ansioso por mais dias e noites na cabarra.

Ray Tavares, você é a maior aliada e companheira de escrita que eu poderia sonhar em ter, nunca vou conseguir te agradecer devidamente pelo tanto que você mudou a minha vida. Igor Verde, você é o arquétipo do mentor na minha vida. Paula Prata, Deko Lipe, Ana Rosa, Clara Alves, Vinicius Grossos, Amanda Condasi, Maria Freitas, Marta Vasconcelos, Thati Machado, Mariana Mortani e Elayne Baeta, obrigado pela terapia diária. Trilhar essa jornada insana ao lado de vocês se torna muito mais fácil e mágico.

E, finalmente, o maior amor do mundo para todos os leitores que acreditaram e engajaram com essas histórias de forma tão passional e genuína. Vocês transformaram e seguem transformando a minha jornada. Eu amo vocês. Como bom swiftie que eu sou, quero agradecer aos 13 Queriders que aqui simbolizam todos que se reconheceram nessas histórias: Thuany Frederico, Alanys Aleixo, Lucas Souto, Vitória Silvério, Bárbara Jeronimo, Ana Carolina de Oliveira Rosa, Larissa Rodrigues, Hugo Leite, Isabela Montagna, Isabella Silva, Ana Lenarth, Matheus Sales e Paulo Wotckosk.

Obrigado, obrigado e obrigado a você que chegou até aqui. Nos vemos na próxima.

Este livro foi composto na tipografia
Bembo Std, em corpo 11,5/16, e impresso em
papel off-white no Sistema Cameron da
Divisão Gráfica da Distribuidora Record.